HENRY D'YVIGNAC

J'avais une Marraine...

PETIT ROMAN DE LA GRANDE GUERRE

(Quatrième Édition)

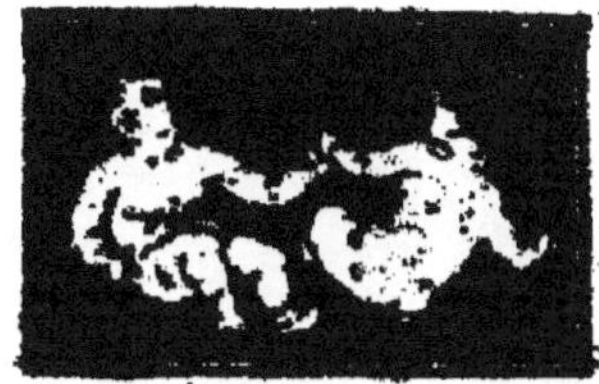

PARIS
ÉDITION DES GÉMEAUX
5, Rue Oudinot, VII

MCMXVIII

J'avais une Marraine...

DU MÊME AUTEUR :

La Quenouille enrubannée. Poèmes, Préface de Charles Le Goffic. (Édition du « Breton de Paris », 1913).

Tirage épuisé.

Gauthier-Ferrières, Un poète mort en soldat. (Sansot, Éditeur, 1916).

A l'Ombre des Chênes, Impressions et récits de Bretagne. (Edition du « Breton de Paris », 1917).

Tirage épuisé.

EN PRÉPARATION :

Sur la plus haute Branche... Poèmes.
Mariage de guerre, Roman.

HENRY D'YVIGNAC

J'avais une Marraine...

PETIT ROMAN DE LA GRANDE GUERRE

(Quatrième Édition)

PARIS
ÉDITION DES GÉMEAUX
5, RUE OUDINOT, VIIe

MCMXVIII

A Albert-Émile SOREL

J'avais une Marraine...

I

Manoir de Kerhostin
en Trestraou, par Perros-Guirec,
en Bretagne.

Lundi, 16 Juin 1917.

Votre lettre, mon cher Jacques, a couru derrière moi, un peu partout. C'est que j'ai quitté, depuis un grand mois, le lycée Buffon pour aller me soigner à mon tour à Vichy. Je ne m'y suis guère attardée et, vite, j'ai pris la route de la Bretagne. Me voici installée dans un manoir gothique, en plein cœur du Trégor. Suis-je venue là, comme les saints de « Bretaigne », dans « une belle auge en mica » ? Mystère ! Toujours est-il que ma barque s'est échouée sur une arête granitique, d'où j'aime à découvrir un merveilleux paysage. A mes pieds, presque à pic, c'est un hémicycle de sable miroitant où vient déferler doucement une mer qui est aujourd'hui couleur de turquoise. Trestaou, fraîche oasis, est un Dinard en miniature, point encore trop gâché par l'architecture surprenante des Parisiens ; j'y découvre, parmi des villas blotties dans la verdure, — le massif hôtel — station climatérique — où je descends, chaque matin, prendre mon service. Devant moi j'aperçois, sur la colline, l'église de Perros-Guirec, son dôme octogonal d'où pointe une flèche de granit rose, et les bouquets de palmiers de son cimetière. A ma droite, la mer se déploie, la mer que décrit Renan dans sa prière à la Déesse aux yeux bleus, la mer à quoi pensent les Celtes exilés, tout tristes d'évoquer entre eux « trois pierres plates sur un rocher, au fond d'un golfe plein d'îlots. » Derrière moi, mon cher, — si j'avais les yeux derrière la tête comme vous me l'assurez si méchamment parfois, — derrière moi donc, je pourrais admirer la côte rongée, corrodée, déchiquetée, qui s'enfuit vers l'Occident, la côte rouge où vient se briser la colère de l'océan, et, sur la lande, tout l'étrange pays de

Ploumanac'h, avec sa ménagerie d'apocalypse, immobile et silencieuse pour l'éternité.

Je suis bien ici ; mes forces reviennent, mes nerfs se détendent. J'avais grand besoin de ce demi-repos, parmi les pins maritimes, au milieu de mes blessés légers.

Jacques, je devine que vous vous crispez, et j'en bats des mains joyeusement, parce que je bavarde sans vous souffler mot de ce qui fait, au fond, l'objet de votre lettre. Elle est là, devant moi, votre lettre. Je regarde, avec un sourire de sympathie, l'humble papier que vous avez été contraint d'employer, et les signes de nervosité qui abondent en vos caractères graphiques. Je m'arrête à la signature qui, tombante comme une aile cassée, me confirme que vous subissez bien la crise de « cafard » dont vous m'entretenez.

Votre lettre, cependant, m'a émue, et je dirais même qu'elle m'a touchée si, par la pensée, je ne craignais de vous voir ce sourire d'ironie un peu amère que je vous connais : Jacques, je n'aime pas ce sourire !

Mon affection, ma vieille affection, vous est acquise, vous le savez depuis longtemps. Aussi n'ai-je même pas à vous dire avec quel plaisir j'accepte ce projet de correspondance que vous me proposez. Quant à devenir votre « marraine de guerre », non, non, non et non ! Mon ami Jacques, nous nous connaissons beaucoup trop pour qu'un commerce de ce genre puisse s'établir entre nous. Je vous connais assez et je me connais trop pour ne pas prévoir qu'il finirait par devenir galant. Or, pour cela, nous avons été beaucoup trop amis, et rien qu'amis. Vous êtes, d'ailleurs, à mes yeux, respectable comme un portrait de famille. Stop ! Ne sautez pas ! Je veux dire par là que vous êtes un de mes souvenirs d'enfance et qu'ainsi vous êtes trop mêlé à ma vie pour que le je ne sais quoi d'inconnu, de troublant, d'aventureux, si nécessaire en ces sortes de choses, puisse faire éclore entre nous un sentiment plus tendre que l'amitié.

Nous aurions pu nous aimer, bien que je sois plus vieille que vous (de deux ans !) L'amour n'est pas venu. Pourquoi ? Je n'en sais rien ! C'est un garçon si capricieux !... Est-ce que je le regrette ? Je serai franche : Oui, à certaines heures, quand je pense à mon foyer détruit, à celles qui vous aimeront, que vous aimerez. A d'autres moments, je me rirais au nez si je me regardais dans un miroir lors du passage rapide de ces pensées-là. Quoi qu'il en soit, je reste donc bien décidée à ne pas vous laisser me chanter comme Chérubin :

J'avais une marraine,
Que mon cœur, mon cœur a de peine !
J'avais une marraine
Que toujours adorais !

car vous changeriez vite de ton pour entonner la chanson de Fortunio.

Comprenez-moi !

Vous avez toujours suivi mes flirts d'un œil paisible, vous avez assisté à mon mariage avec un air de contentement sincère, et l'abandon sentimental où mon époux me laissa n'a jamais excité en vous que la compassion la plus fraternelle. De mon côté, j'ai connu, sans aucun déplaisir, vos multiples fredaines ; je me suis maintes fois scandalisée à provoquer ces lestes confidences où vous excellez, et jamais je n'ai été jalouse ou dépitée, pas même, je vous le jure, ce soir d'été où le hasard me fit entendre ces protestations de dévouement passionné dont vous accablâtes une de mes amies, l'affriolante Bérangère. C'est là pourtant un péché grave, d'autant plus grave que j'ai toutes les raisons du monde de croire que Bérangère n'eut pas longtemps le courage de vous être cruelle. Heureusement pour vous, Monsieur, que Bérangère n'a jamais été ma préférée, ma grande amie !

Et puis, pour en revenir à vous expliquer pourquoi je décline le doux honneur d'être votre marraine, qui vous dit, lieutenant, que je ne me suis pas piquée ? Car vous avez peut-être mis bien longtemps à m'assurer que ma présence, mes lettres et l' « odeur de mon amitié » vous manquaient furieusement ? Auriez-vous l'impertinence de m'offrir — comment dirais-je ? — un intérim ?

Certes, je vous rends justice, vous n'avez pas manqué, à chacune de vos permissions, de passer prendre de mes nouvelles, soit chez moi, rue Barbet-de-Jouy, soit à mon hôpital de Buffon ; vous m'avez même, deux fois, menée au théâtre, car vous êtes courtois. Mais je vous en veux d'avoir si aisément permis à la guerre d'espacer nos relations antiques et peu solennelles, ou, tout au moins, de ne pas avoir tenu à m'assurer longuement de l'extrême regret que vous en aviez.

Donc, pour les raisons susdites et pour cent autres que je ne saurais, ne pourrais ou ne voudrais vous dire, je me désiste : je ne serai pas votre marraine !

Tenez, Jacques, ce que je peux faire de mieux pour vous, c'est de rester ce que je suis : une amie indulgente, bon garçon, pourrie de littérature autant que vous l'êtes, à qui vous pourrez conter toutes les folies qu'il vous plaira de dire ou de commettre.

Ne commettez surtout pas celle de vous exposer une fois encore, avec l'imprudence qui vous caractérise, dans l'unique but d'ajouter un nouveau bijou à l'héroïque joaillerie dont s'orne votre ruban rouge et vert. Soyez sage, ou je vous gronderai fort, et écrivez-moi bien vite, bien vite, mon cher Jacques ; je le veux, je l'exige et, sûre d'être obéie, en vous faisant une jolie risette, je vous tends ma main pour que vous la baisiez.

CLAIRE-YVONNE.

P.-S. Serait-il indiscret de vous demander combien vous avez de marraines ?

II

111e R. A. L. S. P. 218.

Il est certain, Claire-Yvonne, que si j'avais reçu en pleine crise de cafard votre diablesse de lettre, j'aurais été exaspéré par son petit ton raisonneur et ironique. Mais j'étais au repos quand me fut remise votre grande enveloppe bleue ; je suis dans un village à peu près intact, où l'on entend frémir sans cesse de sveltes peupliers d'Italie. Douce cantilène que je m'étonne de pouvoir ouïr encore après avoir subi les commotions qu'inflige à mon système nerveux, depuis des semaines et des semaines, l'aboiement de mes gros dogues d'acier.

Votre lettre me fut bienfaisante ; aussi ne vous chicanerai-je pas sur votre dialectique sentimentale. Le fait que votre mariage m'a vu souriant, le fait d'avoir enduré vos flirts avec une mansuétude qui me vaudra, je gage, quelques mérites aux yeux du céleste tribunal quand je paraîtrai devant lui; le fait, encore, d'avoir été, pendant votre demi-veuvage, un ami fraternel, ne suffisent pas à prouver qu'au fond je demeurais insensible à vos charmes. Petite oublieuse, souvenez-vous des jeux charmants, rustiques et divins, de notre prime jeunesse. J'étais, n'est-ce pas, un singulier camarade, dont le flegme ne déjouait pas toujours vos ruses et vos malices ? Quel garçon manqué vous étiez, Claire-Yvonne ! quel terrible compagnon, servant la balle à ravir, grimpant aux arbres, sautant les ruisseaux, escaladant les haies et les murailles, tout en affectant, avec des yeux limpides, d'ignorer que certaines libertés d'allure avaient tout ce qu'il fallait pour troubler celui qui en était le témoin. Si j'interrogeais à ce propos nos souvenirs, ma délicieuse ?... Mais non, je risquerais de vous déplaire. Parlons plutôt de Bérangère, — ou mieux n'en parlons plus, car il me suffit d'avoir gardé d'elle un souvenir aussi éblouissant que l'est en mer, sous le soleil d'été, le sillage que laisse un rapide navire.

Je suis fort aise de vous savoir en paix, au pays de M. Renan : que l'extrême bienveillance de ce philosophe vous enveloppe et vous berce !

Sans doute, vous ne sauriez jamais, si je ne vous l'avouais ici, que j'ai villégiaturé à Ploumanac'h. C'est un secret, un de ces délicieux et terribles secrets qu'on est deux à garder. Je vous en donne un petit morceau. Oui, la jeune beauté dont vous n'arriverez jamais à connaître le nom avait filé prestement en ma compagnie, sous un prétexte excellent, en abandonnant en province un époux malgracieux et des tantes hypocondriaques. Dix jours, mon amie ! nous connûmes là pendant dix jours la solitude amoureuse. Nous avons vécu, tout près de la vallée des Trawiéro, dans un châlet, au cœur de ce pays fantastique sur quoi les touristes ne s'étaient pas encore rués. Ah ! je vous assure qu'ils ont eu longtemps pour moi un sens émouvant les vers de Charles Le Goffic :

Allez, mes vers, de branche en branche,
Vers la dame des Trawiéro,
Qu'on reconnaît à sa main blanche
Comme la moëlle du sureau.

Elle est assise à sa croisée
Devant la digue des étangs :
Vous lui porterez ma pensée
Sur vos ailes couleur du temps.

Chacun des monolithes que vous verrez, Claire-Yvonne, fut témoin de quelque tendresse. J'en revois un, surtout, solitaire sur la lande en camail d'archevêque rehaussé d'or, qui... Ah ! mon amie chère, qu'ils sentaient bon, ce jour-là, les chèvrefeuilles chauffés par le soleil d'août. Grâce ! ne me contraignez pas à vous décrire ces heureux moments. A détailler ces choses, on risque de les dévelouter. Elles sont comme ces ailes de papillon qui laissent aux doigts conquérants une fine poussière colorée...

Je vous avais demandé de devenir ma marraine de guerre, au cours, je vous l'ai dit, d'une crise de neurasthénie où l'eau qui tombait dans ma guitoune avait fait peu à peu dans mon cœur une large flaque de boue. Nos souvenirs communs, votre amitié, votre gaminerie amusante, et jusqu'à vos petites cruautés, tout m'invitait à pousser vers vous le cri d'appel — le cri de détresse que vous avez entendu. Vous êtes venue aussitôt, et je vous en remercie. Si vous n'êtes pas venue tout à fait telle que je l'avais désiré, je n'en accuse que moi-même. Ma prière empruntait plutôt la voix du *Cantique des Cantiques* que celle du *Dies Iræ*. Je vous ai troublée sottement et, pour m'en punir, vous m'avez ri au nez — oh ! le plus gentiment du monde ! Mea culpa !

Soyez tranquille, je n'aurai plus, pendant quelque temps, l'occasion de risquer une vie à laquelle personne ne s'intéresse pour ajouter un nouveau joujou à ceux que porte ma croix de guerre. Ma batterie a grand besoin d'être visitée et, peut-être, réparée. tant elle a donné ces jours-ci. Il est question de l'envoyer à l'infirmerie. Quant à nous, on parle de nous diriger sur un polygone où nous aurions à nous familiariser avec la manœuvre d'un engin plus formidable encore que ceux qui nous sont confiés. Vous comprendrez l'extrême réserve qui doit être mienne à ce sujet ?

Je vous tiendrai au courant de mes pérégrinations.

J'attrape la petite main qui m'est tendue si gentiment et je m'en empare, Claire-Yvonne, pour la couvrir de baisers — aussi fougueux, je vous l'assure, que ceux... souvenez-vous,.. devant la pièce d'eau, sous la charmille de glycine où la lumière de juillet vous baignait le visage de clartés vertes et mauves...

Lieut[t] D'ESTOLLE.

III

Kerhostin.

Mardi 24 Juin.

Vous êtes demeuré, Jacques, le singulier garçon sur qui j'aimais à essayer, naguère, mes armes de femme, et vous me décevez toujours autant qu'en ces jours où je n'étais jamais bien sûre que ma botte avait touché. Tenez, vous m'agacez, et vous méritez que je vous lance au visage tous les coussins et tous les poufs de mon studio. Comment ! vous m'envoyez une lettre attendrissante, suppliante, « cafardeuse », où vous me demandez de venir à votre secours... Bonne fille, j'arrive, et voilà que, souriant, léger, vous me contez, avec une ironie glacée, des souvenirs d'excursion, des impressions de voyage et de chasse! Je vous ai dit, en pensée, vos quatre vérités, ces jours-ci. Je n'ai pas voulu trouver le temps de vous en écrire quelques unes. Enfin, me voici fermement décidée à ne vous en dire aucune, —

parce que je suis bonne et que je vous aime beaucoup.

Nous disions donc, Monsieur l'Explorateur, que vous avez prospecté à Ploumanac'h, parmi les blocs erratiques, les fiords et les caps rouges où vient blanchir la mer. Un peu plus, je me serais vue prisonnière et annexée à vos terrains de chasse, à vos pays conquis. Tout beau, Jacques ! je n'ai rien oublié de nos folies de jeunesse et je vous avoue que j'étais, en effet, une jeune fille très, très... mais j'aime peu qu'on me force de rougir.

Votre Eros n'est qu'un polisson à qui je ne veux plus avoir affaire, ce qui ne veut pas dire que, loin de la portée de ses flèches, je ne m'intéresse pas prodigieusement à ses méfaits. C'est pourquoi je vous offre de me faire votre confidente : c'est une chose précieuse, Jacques, qu'une amie telle que moi. On lui dit tout, elle comprend tout, devine le reste, et donne des conseils d'honnête homme, des conseils de femme retorse, des conseils tout en or, mon cher, qui sont d'une valeur inestimable.

Vous devez être, mon ami, à l'affût de quelque charmant gibier : cailles, sirènes, tigresses, oies blanches ? Ne tentez pas de nier. Un lieutenant aussi jeune, aussi fringant que vous l'êtes, avec l'auréole de conquistador qui est vôtre, ne peut pas, ne doit pas se morfondre dans la solitude sentimentale...

Je grille du désir de savoir. Vite, dites-moi tout : Je serai un tombeau.

Votre Bérangère est à Salonique, où elle a suivi son seigneur et maître. La guerre a changé ce garçon trop blond, trop pâle et trop paresseux ; elle en a fait un très chic type, un des plus braves officiers de l'armée d'Orient, et votre amie s'est — tenez-vous bien, vous allez souffrir ! — s'est — comment vous l'apprendre en termes décents ? — s'est remariée... avec son époux ! Je me demande à ce sujet si, pensant à vous, je ne suis pas trop cruelle de fredonner :

Vos beaux yeux vont pleurer (*bis*).

Bah ! vous ne m'entendrez pas.

Je cesse subitement de railler pour dérailler, pour m'attendrir un peu. Un nuage, un vilain nuage noir, vient de passer sur le soleil. La mer plisse à l'infini sa robe de faille grise. Jacques, venez près de moi ! je suis par trop sensible à la déchirante mélancolie qui se dégage, à certaines heures, des paysages marins. J'ai besoin de me sentir un ami. Approchez-vous encore ; là, tenez, venez vous asseoir près de moi, sur ce divan où je replace les coussins que vous n'avez pas reçus tout à l'heure. Nous sommes bien, ma main s'attarde dans la vôtre, mes yeux plongent dans vos yeux... Dites-moi, qui voulez-vous aimer, une petite femme enjouée ou une grande amie sérieuse, femme du monde, bourgeoise ou courtisane ?

Faites votre choix et, si vous m'en croyez, ne cherchez ni trop haut ni trop loin. Une femme douée de trop de qualités, de trop de vertus, vous lasserait. Pour vous, à votre âge, il ne faut qu'un amusement délicat. D'ailleurs, l'état de guerre rendrait plus dangereux et plus pénible encore un amour véritable, un amour à grand orchestre, tel que les poètes romantiques l'ont décrit. Triste folie, Jacques, gardez-vous en bien !

Divertissez-vous avec celles qui aiment à aimer, aussi longtemps que vous serez résolu à rester garçon. Mariez-vous, disait St Paul, vous ferez bien ; ne vous mariez pas, vous ferez mieux. Je ne suis pas absolument certaine, cher Monsieur, que St Paul ait pensé spécialement à vous en disant cela ; cependant son conseil a du bon. Quand vous serez converti à une opinion contraire, nous chercherons tous les deux une jeune fille dont les qualités de cœur et d'esprit vous donneront le maximum de sécurité. Jusque là, mon cher ami, soyez frivole si vous voulez être heureux.

Vous allez me juger fort mal et vous écrier que je parle en libertine ? Tant pis pour moi qui me suis juré de vous dire la vérité, alors même que ce serait à mes dépens. Je ne suis pas libertine. Je ne vous parle ici que le langage de la raison et je n'ai en vue que votre intérêt, car j'ai compté silencieusement, en amie désintéressée mais véritable, toutes les blessures que vous vous êtes faites à vous-même, faute de sagesse. Et puis, j'ai aussi un cœur, un gros petit cœur même, qui fait toc-toc, qui se gonfle de joie, se meurtrit, se fend, se brise. Un anarchiste, ce cœur, un fou, un bohème, pas prudent pour deux sous ! Je suis parvenue à le rendre aussi sage, aussi résigné que possible, après avoir soutenu contre lui de nombreuses luttes, et c'est gratis que je mets mon expérience, si durement acquise, à votre disposition.

Je suis heureuse depuis peu, c'est-à-dire que je

suis dans un état d'équilibre moral parfait entre la joie et la peine de vivre. Je ne sais pas si j'éprouve de l'amour. A quoi bon creuser mes sentiments? J'ai une affection qui m'est très chère, sans m'être infiniment précieuse, et, si je suis éprise, c'est en l'étant assez pour être charmée, mais pas assez pour souffrir...

Avouez que je ne suis pas de mon temps. J'aurais dû vivre avec les philosophes, un peu avant la Révolution ; il m'aurait plu de danser sur un volcan...

Vite, une lettre de vous. J'aime à vous lire.

CLAIRE-YVONNE.

IV

Ambulance 25/VII, S. P. 2.

Est-ce vous, Claire-Yonne, la fée qui, d'un coup de baguette, a transformé mon existence? Suis-je encore vivant ou ne suis-je plus qu'une ombre légère errant dans les Champs-Elysées? Ce qui m'arrive est extraordinaire. Je ne me reconnais plus et, si je ne souffrais atrocement parfois, j'emploierais le vieux truc des feuilletons : je me pincerais pour me prouver que je ne rêve pas.

J'ai pour demeure un des plus délicats châteaux de l'Ile-de-France, en plein pays de Sylvie .. C'est du fond d'une chambre luxueuse que je vous écris et, si je laisse ma vue errer vers les hautes fenêtres entr'ouvertes, j'aperçois un jardin à la française « correct, ridicule et charmant. » Non, ce jardin n'est pas ridicule, et Verlaine a tort. Rien de plus pur, de plus ordonné, de plus harmonieux, de plus noble que lui. Sa perspective n'a pour limite que l'horizon. La pensée y peut courir à toute bride sans s'y heurter ;

la ligne verte des arbres taillés la guide sans la contraindre; elle glisse sur le long bassin rectangulaire où se mire un ciel léger ; les ifs noirs lui sont des points de repère ; elle se réjouit de voir se dresser, dans l'ombre des frondaisons, autour des eaux murmurantes, des guerriers et des déesses de marbre. L'intelligent paysage !

Je n'ai fait qu'apercevoir le château Louis XIII, brique et pierre, rose et blanc, avec ses combles aigus et ses hautes cheminées. C'est, m'a-t-on dit, un ancien rendez-vous de chasse du fastueux duc de Luynes ; il a reçu Marie de Médicis, Anne d'Autriche et Louix XIV enfant, mais jamais encore, ah ! je le jurerais, il n'eut, Claire-Yvonne, plus adorable propriétaire !

Mais je m'aperçois à temps que j'ai oublié de vous conter comment et pourquoi je suis ici.

Il m'est survenu un léger accident. Nous étions bien tranquilles au repos et nous nous apprêtions à partir pour le polygone dont je vous ai parlé quand un coup de téléphone appela mon capitaine. Le général commandant le secteur d'où nous venions demandait un officier volontaire pour remplacer le lieutenant d'une pièce de 240 qui venait d'être tué.

Je me suis offert, comme il était naturel, puisque je suis dans ma compagnie le seul officier célibataire. A peine étais-je arrivé à destination qu'un obus de 210 éclatait à quelques mètres de ma pièce. Mes malheureux servants furent tués sur le coup, un lieutenant fut atrocement déchiqueté ; quant à moi, plus heureux, je fus arraché du sol et précipité au loin. Je fis la sottise de me casser la jambe droite et j'eus le mauvais goût de m'évanouir.

Ce n'est qu'ici, Claire, que j'ai repris mes sens, sous le regard apitoyé de deux magnifiques yeux noirs, profonds, veloutés, humides, des yeux d'almée un peu allongés, avec la cornée bleuâtre et des lueurs dorées dans la prunelle...

Ah ! le doux, l'agréable réveil !

Vous imaginez bien que j'ai été tout de suite balourd :

— Mademoiselle.., ai-je balbutié.

On a rougi un peu, on a eu un rire lumineux, et on m'a fait : chut ! de la main gauche, pour bien me montrer qu'un cercle d'or y brillait, à l'annulaire...

J'ai fait une abominable grimace, car mes brûlures me torturaient, et, fort impoliment, je me suis rendormi.

Le major m'a dit, depuis, que j'étais resté pendant deux jours dans un bestial sommeil. Il paraît que le *shok* subi a failli me faire, à lui tout seul, passer de vie à trépas. Voyez l'impertinent qui ne prévient même pas les gens !

Le lendemain, j'ai été le héros d'une scène d'un comique achevé et, preuve que le ridicule ne tue pas, même en France, je suis toujours en vie ! Figurez-vous, ma chère, que le major, son aide et deux brancardiers étaient venus s'emparer de ma personne en m'expliquant qu'ils allaient m'examiner la jambe dans la salle d'opération. Il était, parait-il, urgent d'intervenir. Et voilà que, sans même leur demander en quoi allait consister ladite intervention, je me mis à protester de toutes mes forces.

Protester, direz-vous, mais contre quoi ? Eh bien ! je protestai, sans vouloir donner d'explication comme si je n'étais mû que par le besoin de protester. Je vais être franc. A peine sorti de mon lourd sommeil, le souvenir des yeux noirs revint me hanter. Or, je ne voulais pas que ces yeux-là vissent, sur la table opératoire, ma nudité lamentable. L'étrange pudeur, n'est-ce pas, et qui est bien tardive, puisque deux fois déjà d'autres beaux yeux ont vu cette chose :

le lieutenant d'Estolle, anesthésié, en proie aux mille instruments d'acier et de gutta-percha de la chirurgie moderne. Je vous donne mille fois raisons, ma belle amie, mais que voulez-vous ? On ne raisonne ni avec un goût, ni avec un sentiment, et il me répugnait de laisser voir à celle dont le regard avait enchanté mon réveil la loque physique, cassée, saignante, rôtie, que je suis devenu.

On m'a appris que mon ange était la maîtresse du logis, qu'elle se nommait la vicomtesse du Chefdoué, Pour me calmer sans doute, un infirmier aux yeux intelligents et doux s'est mis à me parler d'elle pendant qu'on me transportait sur une civière. Je sais ainsi qu'elle est aussi veuve que blonde. Veuve, Claire-Yvonne, veuve, et blonde, blonde aux yeux noirs ! C'est en souriant que j'ai respiré l'odieux chloroforme sitôt après avoir reçu du major la promesse qu'elle n'assisterait pas à l'opération.

Celle-ci s'est bien passée. On espère me conserver la jambe : je danserai !

J'aurais même déjà dansé si la charmante petite veuve n'était venue me faire de très gros yeux. Il paraît que j'avais la fièvre. Elle a daigné me prendre la main pour me dire, comme on parle à un enfant que tout danger n'était pas écarté, loin de là, qu'il y avait encore dans ma jambe de vilaines esquilles, dont le major s'inquiétait, et qu'il fallait lui promettre, à elle, d'être sage, bien sage...

Je me suis souvenu des vers d'un de mes amis :

> Peut-on, dans ce cas, être sage ?
> Tu sentais bon la volupté...

Mais je les ai gardés pour moi et j'ai promis, Claire-Yvonne, avec une onction toute ecclésiastique, et j'ai scellé ma promesse d'un long baiser sur la main de cet ange. On a fait une petite moue... L'aurais-je froissée ?

Dites-moi qu'il n'en est rien, assurez-le moi. Je ne pourrais pas vivre avec la pensée que je lui ai déplu...

Vous m'avez offert, ma chère, ma grande amie, de devenir ma confidente ? Tope ! J'accepte ! Claire-Yvonne, je veux me faire aimer : aidez-moi !

JACQUES.

V

Kerhostin, 15 Juillet 1916.

Le pauvre ami ! C'est qu'il est bien mal en point ! Il n'oublie pas, et je lui en sais gré, que je suis aussi infirmière. Deux blessures graves : à la jambe droite et au cœur !

Parlons d'abord de votre jambe. Vous n'êtes pas sans connaître le diagnostic du major ; aussi auriez-vous dû me le communiquer ; j'aurais été, par là, en présence de quelque chose de précis, tandis qu'en ne me spécifiant rien, vous me laissez saisie devant les portes toutes grandes ouvertes des hypothèses. Fracture simple, multiple, double ? Avez-vous de la pseudarthrose ? De la suppuration ? De la fièvre ? Combien de degrés ? Renseignez-moi là-dessus pour me tirer d'inquiétude, sans quoi je télégraphie, sans surseoir, à votre jeune veuve.

Si j'étais pleinement rassurée sur votre état physique, je m'inquiéterais fort de votre état moral. Casse-cou, Jacques, casse-cou ! Tous les coussins que je possède ne suffiraient pas à vous rappeler à la raison. Il faudrait, mon cher, pour vous remettre d'aplomb, une bonne douche glacée ou, encore, que vous piquiez une tête, par inadvertance, dans la pièce d'eau rectangulaire que vous m'avez décrite. Mais ce moyen-là serait un peu énergique, vu votre état général.

En un mot comme en cent, Jacques, je suis persuadée que vous êtes perdu. Viviane, une fois encore, a enchanté l'Enchanteur. Vous allez chérir la belle Madame du Chefdoué, que dis-je, vous la chérissez déjà ! Le petit accès de pudeur que vous m'avez confié est très significatif. Ainsi, vous lui avez à peine adressé une parole et vous voilà tremblant de crainte : L'ai-je froissée ? Mon Dieu ! que vous êtes enfant ! Depuis quand un baiser sur la main a-t-il pu offenser une mondaine ? Oui, je sais, la petite moue... Mon ami, cette petite moue peut signifier bien des choses. Elle peut vouloir dire : le pauvre garçon est en fâcheux état, ou : Peste ! il manifeste tendrement sa gratitude. Que sais-je ? Elle peut indiquer aussi que ce baiser est bien peu de chose, qu'on aurait désiré le recevoir ailleurs, que vous étiez mal rasé, qu'on serait fort embarrassée s'il le fallait rendre tout de suite... Barbotez, mon cher Jacques ; croyez, en tout ceci, ce qui sera le plus agréable à votre masculine fatuité mais ne redoutez pas d'avoir déplu.

Je reçois à l'instant votre seconde lettre et je l'ouvre un peu nerveusement.

Ah ! bien ! Me voici rassurée. La fièvre est tombée ; il n'y a pas de pseudarthrose. On ne vous coupera pas la jambe : J'en suis ravie ! Ce n'est pas que je vous aurais par trop plaint de nous revenir avec un membre de moins : Je vois tous les jours pis que cela, et vous aussi, n'est-ce pas ? Payer à Bellone le tribut d'une jambe, c'est peu, ce n'est même pas cher du tout, par le temps qui court. Mais je suis égoïste et je tiens à me conserver un valseur habile.

Me voici condamné, dites-vous, à de longues semaines d'immobilité. Là, je ne vous plains plus du tout, car je sens bien que la perspective de rester dans le plâtre, sous le regard des yeux noirs, n'est pas pour déplaire.

Vous me divertissez infiniment à m'assurer que vous ne brûlez pas pour Mme du C. d'une flamme polissonne, que vos sentiments sont délicats, purs, éthérés. Non, vous n'imaginerez jamais l'agrément que vous me donnez ! Si vous êtes franc, pourquoi prenez-vous donc la peine (ou le plaisir) de me dépeindre si complaisamment sa taille, son teint, ses cheveux, le tendre éclat de son regard et jusqu'au timbre émouvant de sa voix ? Et vous me jurez n'être sensible qu'aux qualités de son cœur et de son esprit ! Pourquoi ne me parlez vous que fort peu de ces brillants avantages ? Est-ce leur éclat, dites, papillon, qui vous attira tout d'abord ?

Voir votre belle, vivre à ses pieds, lui tenir d'aimables propos, l'écouter, retenir trente secondes sa main dans la vôtre, voilà toute votre ambition ! Se peut-il que vos espérances aient de si faibles ailes ? Soit ! je veux bien vous croire.

D'ailleurs, c'est le plus souvent ainsi que les choses se passent. Vous irez, pendant des semaines, en compagnie de votre complice, (car, à mes yeux, si elle n'est pas qu'une sotte, elle n'est pas dupe de cette habituelle comédie) vous irez, dis-je, de raffinement en raffinement, de délicatesse en délicatesse, vous parlerez art, musique, astronomie et métaphysique, vous relirez les poètes (Lamartine, au début, est très recommandé) et puis, un jour, une nuit peut-être, la nature secouera rudement le joug... Elle se rira des entraves, de l'artificiel, des bandelettes spiritualistes où vous l'enserrâtes, pour réclamer, s'insurger, parler haut et clair. Alors... alors Mme du C. se trouvera dans une situation délicate, pénible, même, si elle n'est ni froide, ni coquette : il lui faudra vous arrêter net ou devenir votre maîtresse. Vous arrêter, Jacques — oh ! je vous connais ! — c'est vous perdre et mériter votre haine et votre mépris.

Ainsi vous en arriverez tous les deux après quelques semaines du plus subtil marivaudage au même point que d'autres qui auront commencé par le commencement, c'est-à-dire qui auront tout bonnement admis que nous sommes des êtres composés d'une âme et d'un corps et que celui-ci est l'instrument de celle-là.

Je ne fais, d'ailleurs, aucune difficulté de convenir que le temps perdu par elle et par vous le sera d'une exquise façon.

Vous voulez vous faire aimer ? Ma foi, je ne puis pas croire que vous ayez besoin de mes conseils pour arriver à ce but. Vous défendez déjà fort bien votre cause : On ne s'interdit pas de rôder autour de vous, sous de très acceptables prétextes. On s'attarde, jamais seule, il est vrai, à notre chevet. Quel blessé intéressant vous devez être ! Je la crois aussi imprudente que vous cette veuve.

En tout ceci, pourtant, soyez bon pour vous, mon ami Jacques, en ne prenant pas trop au sérieux le goût que vous avez pour votre infirmière. Faites l'aimable et soyez gai ; on passerait aujourd'hui pour un faible d'esprit si on traitait l'amour sur le ton qu'employaient les poètes vers 1830. Ne soyez pas fatal. Votre infirmière vous trouverait vite vieux-jeu et votre attitude l'effraierait : vous feriez figure de forcené.

Suivez, mon cher, le double conseil que vous donne le jardin à la française. Soyez comme lui tout ordre et tout harmonie et songez aux dames du Temps-Jadis que des galants ont promenées là et courtoisement servies sur les pelouses ou les bancs de pierre. Menez-y Mme du C. dès que vous serez en état. Il sera, n'est-ce pas, fort agréable d'accepter le faible et tendre appui de son bras pour essayer vos premiers pas ? Voilà une situation touchante. Vous saurez en tirer parti, Monsieur l'Explorateur.

C'est sur cette perspective riante que je veux vous laisser aujourd'hui.

CLAIRE-YVONNE.

VI

Ambulance 25/VII, *S. P. 2.*

Vous ne me soufflez mot de votre étonnement, mon amie. Serait-ce par discrétion, par ironie, ou pour goûter en avare le plaisir qu'il vous fait ? Car, enfin, j'en suis arrivé, moi, Jacques d'Estolle, ex-danseur de tango, flirteur enragé, héros de plusieurs aventures flatteuses, à tellement craindre de déplaire à Mme du C. que j'oublie toute la science dont j'étais si fier pour venir, humble mendiant, solliciter vos conseils !

Dois-je attribuer cette situation à la rude saignée que j'ai subie lors de ma blessure, à la débilité générale que me vaut ma longue station dans un lit ? Je ne sais ! Il est vrai que jamais je n'ai rien éprouvé de pareil. Je respecte, oui, je respecte mon infirmière : c'est plutôt de l'adoration que de l'amour... Pour lui parler en ma faveur, il me semble que mes mensonges et mes « vieux vices » de naguère me gênent, m'oppressent. Et puis, mon infirmière répand autour d'elle je ne sais quels effluves de lumière et de pureté...

Riez, riez, cruelle amie, riez tant qu'il vous plaira, mais ne m'abandonnez pas !

Je vous entends très bien philosopher sur mon cas et je vous vois, non sans stupeur, poser des jalons. Vous en êtes à prévoir le cas où Elle serait amenée à couronner ma flamme ou à me signifier mon congé. Dieu ! que vous allez vite !

Et qui vous dit, Claire-Yvonne, que cela soit possible ? Savez-vous si j'inspire tout autre chose à Mme du C. qu'une honnête sympathie, — celle, par exemple, qu'a toute infirmière sensible pour le soldat blessé qu'elle entoure de ses soins et réconforte de son sourire ? Je vous accorde qu'elle rencontre en votre ami Jacques un homme de son monde, quelqu'un à qui elle peut parler de ce qui l'intéresse, quelqu'un, encore, si vous y tenez, qui a, comme elle, l'âge d'aimer, bref un agréable partenaire. Et puis après ? Voilà ce que me dit le jardin à la française, ce qui, précisément, me chagrine et me fait souhaiter que ni la sagesse, ni la raison ne soient en faveur auprès de Mme du C., car je ne peux pas supporter l'idée de n'être pour elle qu'un indifférent.

Je veux qu'elle m'aime, Claire-Yvonne, je le veux !

Vous me conseillez de ne pas trop prendre au sérieux le goût (!) que j'ai pour elle. Le bon billet ! Est-ce que je peux modérer l'élan de mon cœur et la violence de mes sentiments ? Oui, je sais qu'il y a des remèdes à l'amour, qu'on peut atténuer l'acuité de ses souffrances par le temps, la distance, les distractions, les voyages, etc. Mais n'oubliez pas que je suis ici, dans un lit, prisonnier des yeux noirs, livré sans recours à leur puissance souveraine et à leur bon plaisir.

Je ne m'en suis jamais si bien aperçu que ce matin où, ne les ayant pas vus, je me suis senti seul au monde. Je n'osais pas interroger les infirmiers qui venaient examiner mon pansement... Quelle angoisse ! Enfin, après le déjeuner, j'ai entendu retentir, sur le linoléum du corridor, le pas menu que je connais si bien. Plusieurs fois, je l'ai entendu aller et venir. Entrerait-elle dans ma chambre ?

Me croirez-vous si je vous affirme que ma vie a été comme suspendue jusqu'à quatre heures ? J'avais laissé sur mon lit les journaux qu'on m'envoie, sans même en déchirer les bandes ; mes lettres traînaient, sans avoir été ouvertes. Je suis resté de 8 heures du matin à 4 heures de l'après-midi à penser à elle, à chercher les motifs de son absence, puis à me demander pourquoi elle n'entrait pas, tandis que le bruit de ses souliers blancs me résonnait dans le cœur...

Enfin, à quatre heures, le pas de Mme du C. retentit de nouveau, s'arrêta devant ma porte. Elle frappa. L'émotion me serrait tellement la gorge que je ne pus pas d'abord lui crier d'entrer. Elle frappa de nouveau et entra sur ma réponse. Sa seule vue me consola. Elle n'était plus vêtue en infirmière ; le voile blanc ne cachait plus sa somptueuse chevelure. Ah ! qu'elle était belle en sa sombre et sobre toilette ! Je ne savais qu'admirer le plus de sa distinction ou de sa beauté...

Elle vint, m'apportant le thé sur un plateau, rieuse, dansante, et me tendit le dos de sa main. Elle s'excusa d'avoir manqué de me faire son habituelle visite matinale : c'est qu'on lui avait annoncé à 5 heures la prochaine arrivée du général Minot, grièvement blessé. Elle était partie le chercher en auto à la gare et l'avait ramené, installé. Sitôt arrivé, le vaillant homme avait été opéré, et elle n'avait voulu le quitter que pleinement rassurée sur son sort. Maintenant, elle venait prendre des nouvelles de M. d'Estolle...

Je ne vous jurerai pas, mon amie, que je vous rapporte exactement les paroles de mon adorable infirmière : j'étais beaucoup plus occupé à la regarder qu'à l'entendre. Elle s'en aperçut et me dit, en me donnant une légère tape sur le bras :

— Mais écoutez-moi donc !

Et elle m'expliqua qu'elle s'était « mise en civile » parce que... Au fait, ai-je compris ? Il y avait une histoire de lessive, d'autoclave...

Ses yeux, je l'ai constaté, encore qu'ils n'aient guère quitté les miens, ont remarqué l'état d'abandon où gisait mon courrier ; elle a regardé les bandes de quelques journaux, a levé les sourcils en constatant qu'elles n'étaient pas rompues, s'est éventée, d'un geste léger, avec une revue puis, après un petit rire, m'a demandé :

— Vous ne vous êtes pas trop ennuyé aujourd'hui ?

Je lui ai affirmé, d'une voix lamentable, que, loin de m'être ennuyé, je m'étais diverti à l'extrême.

Claire-Yvonne, elle a eu la charité de ne pas me questionner là-dessus et s'est contentée de me dire :

— Quel enfant vous faîtes !

Alors, avec une bravoure dont je suis encore tout enorgueilli, j'ai pris sa main et l'ai maintenue doucement sur mon cœur. Elle est restée silencieuse, mais elle a détourné la tête afin de me dérober ce que disaient ses yeux. Enfin, après avoir très lentement dégagé sa main, elle s'est contentée de murmurer :

— Plus enfant encore que je ne le croyais !

J'ai hoché la tête en signe d'approbation :

— Que penseraient vos marraines, m'a-t-elle demandé après un assez long silence, si elles étaient témoins de vos enfantillages ? Car, ne le niez pas, Monsieur, vous devez avoir une ribambelle de correspondantes, de grandes et de petites amies ?

— Vous vous trompez sur mon compte, ai-je répondu : Je ne suis pas du tout le cœur de cire que vous supposez, et je suis de ceux, bien au contraire, Madame, qui se font scrupule de jouer avec l'amitié ou avec l'amour.

A ce mot, elle a fait un petit geste effarouché et s'est éloignée de moi :

— Je suis folle de vous écouter si longtemps,

s'est-elle écriée. Il faut que je me sauve. Mille soins m'appellent et me réclament... Alors, bonsoir, Monsieur d'Estolle, bonsoir !

Et elle est partie, comme on s'enfuit, sans même me tendre la main !

Elle est partie, Claire-Yvonne, et jusqu'à demain, Dieu seul sait à quelle heure, je ne la verrai plus ! Je me sens le plus malheureux des hommes !

Ai-je donc trouvé le secret de la mécontenter ?

Jugez de l'embarras où je me trouve, ne sachant rien d'elle, sinon qu'elle est exquise. Son veuvage lui pèse-t-il ou bien lui donne-t-il la sensation vivifiante de la liberté ? Que sait-elle de l'amour ? Le connait-elle seulement ? A-t-elle fait un mariage d'inclination ou s'est-elle résignée à accepter le candidat que lui imposait la force des choses ? Je sais beaucoup de femmes qui sont dans ce cas-là, car vous êtes toutes très faibles devant la vie.

Ne pouvez-vous rien me dire d'elle ? Je gage qu'elle appartient, au moins par son mari, à la vieille noblesse bretonne. Remuez ciel et terre, ma gentille amie, pour me renseigner et je vous en serai reconnaissant pour l'éternité.

JACQUES.

N.-B. Au moment où j'allais clore cette lettre, un infirmier a déposé, sans mot dire, un merveilleux bouquet de roses blondes sur ma table de chevet. Tous les blessés ont ils reçu semblable cadeau ou suis-je un privilégié ?

Je donnerais ma jambe pour être fixé là-dessus !

VII

Ploumanac'h, 2 août 1916.

Ne donnez pas votre jambe, mon cher Jacques, car, si vous vous décidez à entrer dans la voie des sacrifices, vous « débiterez » très vite tous les avantages palpables que l'Esprit malin vous concéda pour troubler le cœur des femmes.

Gardez votre jambe, croyez-moi.

Votre lettre m'a valu tant d'agrément que, si je le pouvais, je franchirais d'un bond la distance qui est entre nous pour vous rire au nez et vous embrasser. Il est vrai que, profitant de la familiarité de ce geste tendre, je vous glisssrais à l'oreille que vous êtes devenu tout à fait idiot.

Vous êtes excusable car, a dit La Rochefoucauld, l'amour retire aux hommes l'esprit qu'ils ont pour donner aux femmes celui qu'elles n'ont pas.

Mais foin de ce qu'on dit ! La meilleure part est peut-être à ceux qui se contentent d'aimer « comme un gosse ». Car il est délicieux d'aimer. Délicieux,

Jacques, c'est vrai, mais parfois bien amer aussi et Gauthier-Ferrières, que vous m'avez révélé, s'écrie avec une cruelle sincérité :

L'amour vend cher les biens qu'il nous permet d'avoir !

Vous le savez, puisque le plaisir d'avoir pu admirer Mme du C. en « costume civil » a été payé par toutes les angoisses que vous ont causées son absence et sa fuite.

Elle m'est sympathique, votre dulcinée, et, si ses manèges ne sont pas l'effet d'une coquetterie savante, elle vaut l'encens que vous brûlez en son honneur.

Je la crois perdue si elle ne peut se résoudre à temps soit à ne plus vous voir, soit à obtenir, en catimini, qu'on vous expédie ailleurs, soit, enfin, à prendre la fuite...

J'ai cette opinion parce que le seul fait de s'être sauvée en entendant le mot amour prouve sa faiblesse et avoue son sentiment. Ninon de l'Enclos a écrit que la peur de l'amour est déjà de l'amour, et je lui donne cent fois raison, car...

Car ce n'est pas ce simple mot qui a fait battre en retraite Mme du C. ; c'est parce qu'il était né sur vos lèvres et qu'il répondait trop clairement à certaines pensées qu'elle ne s'était peut-être pas avouées à elle-même. La découverte de son état d'âme l'a troublée .. Le mot amour allait trop bien, au gré de sa sagesse, avec le nom du lieutenant d'Estolle.

Parlons des roses qui vous furent apportées. Si vous étiez raisonnable, vous vous contenteriez de les admirer, de les respirer, de remercier benoîtement celle qui a tenu à vous les envoyer, et vous conviendriez avec moi que Mme du C. ne pouvait guère se dispenser de faire fleurir également les chambres des autres blessés. Quelle effronterie de ne les envoyer qu'à vous, ces roses blondes ! N'entendez-vous pas bavarder tout le château, depuis le major à trois ou quatre galons jusqu'au dernier des plantons ? Les bonnes langues !

Qu'il vous suffise d'être persuadé que la délicate attention qu'on a eue s'adressait spécialement à vous et ne faites qu'une allusion très voilée au plaisir qu'on vous a procuré : on est fine, on comprendra.

J'imagine que vous allez amadouer Mme du Chetdoué, lui imposer peu à peu la douce contrainte de vous entendre parler d'amour. Vous lui expliquerez votre caractère ; insensiblement elle en viendra à vous parler du sien. Vous lui direz, fripon, que l'on vous a fait beaucoup souffrir, que vous avez été malchanceux : elle vous confiera aussi ses déceptions... Sans doute en êtes-vous déjà là ?

Si vous n'êtes point parvenu encore à ce rond-point connu de la route amoureuse, c'est sûrement parce qu'on craint de se compromettre en s'attardant plus que de raison près de vous. Là, je vous plains de tout mon cœur, car votre tâche est délicate. Elle demande un sang-froid de séducteur, or vous n'êtes qu'un amoureux. Si vous allez trop vite ou trop loin, il est facile de vous laisser vous morfondre dans votre lit. Jacques, le plaisant spectacle que de vous imaginer dans votre chambre en tête-à-tête avec les fleurs coupées pour vous dans le jardin.

Ne vous désolez pas ! Vous verrez les prémices de votre victoire dès qu'il vous sera permis de vous lever. On vous installera, avec mille soins maternels, une chaise longue sur la pelouse ou sur le perron, au bon soleil et là, tout naturellement, on viendra, un ouvrage aux doigts, faire la causette... Il y aura, certes, des témoins, mais, en baissant la voix... et puis, il y a les yeux, les intonations et jusqu'aux silences...

Je vais « remuer ciel et terre » pour vous être agréable et vous dire ce que l'on sait de votre conquête. Oui, elle porte un vieux nom breton. Je me souviens qu'un marquis du Chefdoué possède un château dans les environs de Rennes Deux très bonnes amies à moi sont ses nièces à la mode de Bretagne. Je leur écris aujourd'hui même et j'espère ne pas vous laisser languir. Je vous griffonne cette lettre au stylographe, allongée à plat ventre dans les fougères hautes, sur un coin de lande, à Ploumanac'h, non loin du Skével, d'où je découvre la mer, à l'infini, du côté de Trégastel. Devant moi les Sept-iles bombent leurs dos de cétacés dans l'azur double du ciel et de la mer. Des voiles brunes de homardiers se balancent dans la baie, vers Perros, tandis qu'au ras de l'horizon je vois se traîner les panaches noirs de deux croiseurs qui surveillent les alentours. On coule parfois des sous-marins boches par ici.

Je vais rentrer à Kerhostin par la route de La Clarté. Je marcherai, laissant libre cours à mes rêves ; je m'arrêterai, ne sachant plus si je suis à mi-chemin, presque arrivée ou à peine partie, ni si vraiment je n'ai personne à mes côtés...

A bientôt, Monsieur l'amoureux.

CLAIRE-YVONNE.

VIII

Kerhostin.

Je réponds tout de suite à votre lettre, car, si je tardais de le faire, avec le charmant caractère que je vous connais, vous attribueriez mon silence au dépit, à la jalousie, à je sais trop quoi encore. Vous avouerez, mon cher, que je suis de bonne composition et qu'étant femme j'ai quelque mérite à vous pardonner. Il m'a fallu faire appel à tout ce qu'il y a de bon en moi pour vous dans le but d'oublier vos procédés.

Venez ici, sur ce tapis de prière, solliciter mon indulgence, implorer votre pardon. Très bien ! Vous m'avez suffisammenr l'air contrit. Voici ma main, relevez-vous, baisez-la. Allez en paix, mon fils !

Ainsi, vous n'avez trouvé rien de mieux pour accaparer les bonnes grâces de la petite veuve que de lui demander ce que vous aviez auparavant tenté d'obtenir de moi ? De quel tront osez-vous encore, monsieur l'impertinent, m'écrire tant d'aimables choses ? Tenez, vous êtes encore plus polisson que votre Eros !

Donc, voici votre infirmière devenue votre marraine. *Quo non ascendam* ?

Ah ! l'innocente ! Elle est tombée dans le piège, elle s'est attendrie à écouter vos confidences mélancoliques de malade imaginaire. Elle a soupiré, elle a reconnu en vous, la pauvrette, un frère d'élection.

Il est vrai que la découverte faite par vous, dès le premier jour où on vous a permis de quitter votre lit pour la chaise longue, n'a pas été pour retarder ce que je prévoyais... Ainsi, un balcon fait communiquer la chambre de M. d'Estolle au sanctuaire où le soir se retire Mme du C. Un beau matin, qu'on avait porté là la chaise longue de l'intéressant lieutenant, que vit-il ? — En galant négligé, l'irrésistible infirmière qui, les cheveux dans le dos, les bras nus, venait, comme Chantecler, lancer un hymne au soleil ! J'adore le « cri de nymphe surprise » qu'elle a poussé... Elle ne savait certes pas que le petit officier blessé était là...

Et qui vous garantit, mon cher, que tout cela ne fut pas habilement agencé dans l'intention de vous procurer la plus gracieuse, la plus troublante des visions ?

— Venez, madame, venez! Ne vous sauvez pas ou je cours après vous !

J'entends d'ici votre cri de jeune fou, je vous vois faire le geste de vous lever, en vous cramponnant à la rampe du balcon... Son cœur (son cœur d'infirmière) s'émeut, elle accourt :

— L'imprudent ! Mais c'est qu'il se serait levé !

Elle feint d'avoir l'air très fâché. Elle est toute rose de confusion, son sein bat sous son peignoir. Vous lui imposez, par une douce violence, l'agrément de rester près de vous, de laisser votre moustache rousse monter de sa main le long de son bras...

Et quand elle vous quitte, mécontente et ravie, ce n'est qu'après avoir accepté d'être votre marraine, la vraie, la seule, l'unique !

Que de progrès, Jacques ! Ah ! vous avez chaussé les bottes de sept lieues et bientôt le petit Poucet aura bien du plaisir à se laisser croquer par l'ogre.

Maintenant donc, mon cher, taïaut ! taïaut ! !

J'attends votre premier bulletin de victoire, claironnant...

Rien encore reçu des amies à qui j'ai demandé les renseignements en question sur la carrière sentimentale de la sensible châtelaine. Mais que vous importe à présent ? Elle vous dira tout cela, sur l'oreiller !

Je grille du désir de savoir vite comment, et par quelle prompte bonté, votre infirmière a passé sous vos fourches caudines...

CLAIRE-YVONNE.

J'ajoute un mot, rien qu'un, juste de quoi vous rappeler que vous m'avez fait la cour dans vos premières lettres et que j'ai été fort judicieuse en déclinant le périlleux plaisir de devenir votre marraine. Combien je m'applaudis aujourd'hui de vous avoir gentiment envoyé promener ! Ah ! vous ne valez pas cher !

Je souhaite que Mme du C. soit méfiante : trop de facilité lui nuirait auprès de vous, qui n'êtes pas sans mépriser un peu celles dont vous triomphez trop vite. Je souhaite aussi, car je vous aime bien, que l'attente qu'elle vous imposerait, en ce cas, ne se prolongeât pas trop. Mais je voudrais que vous goûtiez le sage bonheur qui est le mien.

IX

Ambulance 25/VIII.

Votre dernière lettre, Claire-Yvonne, m'a semblé ironique et cruelle, non pas peut-être par elle-même, mais du moins par suite des circonstances, de l'état d'esprit où je suis...

Je me demande aujourd'hui si Mme du Chefdoué n'est pas tout simplement ce que vous craigniez qu'elle ne fut : une habile coquette ! Oui, car je m'étais flatté d'avoir fait quelques pas vers elle, vers son « moi » mystérieux... Je me croyais en progrès. Je sentais que je m'étais approché de son cœur et j'étais certain, ma foi, que, devenue ma marraine, elle se servirait de cet excellent prétexte pour être avec moi plus affectueuse, plus tendre, plus maternelle... Hélas !

Hélas ! Elle est toujours aussi aimable, aussi bienveillante, et elle s'attarde même plus longuement que naguère à mes côtés ; elle m'écoute avec complaisance parler d'amitié, vanter l'amour mais, comment vous faire comprendre cela ? — elle a l'habileté de paraître tout à fait désintéressée. Jamais elle ne m'autorise à la mettre dans le débat car, en ce cas, elle fait la moue, détourne la conversation, trouble notre tête-à-tête en appelant celui-ci ou celui-là, boude, ou se retire sous un méchant prétexte.

Je piétine !

Elle se réjouit visiblement de me voir embarrassé, mécontent ; elle prend plaisir à toutes mes déconvenues et rend inutiles mes préparations oratoires les plus savantes. L'autre soir, elle est venue me parler sur notre balcon. La soirée était si belle, le ciel si lumineux, la température si clémente que j'avais obtenu du major la permission de rester là, sur mon éternelle chaise-longue. Blanche dans la nuit, elle s'est attardée près d'une heure à m'écouter lui réciter des vers de Baudelaire et de Samain. Accoudée à la rampe de fer, elle ne montrait que de profil son beau visage ému où, à chaque instant, je m'attendais à voir couler des larmes. La lune montait doucement, rose avec des reflets de nacre, entre les branches d'un vieux cèdre qui domine de toute sa taille d'ancêtre, sur la droite, la ligne noire des frondaisons du parc.

Soudain. interrompant net les adorables vers de Samain que je déclamais :

> Le reproche est bavard, la rancune égoïste.
> Je ne te dirai rien, sinon que je suis triste...

Elle a tressailli, s'est secouée, et m'a dit d'une voix claire et froide comme le cristal :

— Monsieur d'Estolle, je suis impardonnable ! Permettez-moi d'entrer chez vous afin que je puisse avertir vos brancardiers.

Elle a pénétré dans ma chambre par la porte-fenêtre, a tourné le commutateur et a sonné, en restant ensuite appuyée à la cheminée, droite, impassible...

Un seul brancardier est venu :

— Mon ami, lui a-t-elle dit avec son amabilité ordinaire, voulez-vous m'aider, puisque vous êtes monté seul, à rentrer votre lieutenant ? La soirée a fraîchi : il n'est que temps !

J'ai dû accepter son aide, à elle, — quelle misère ! — pour gagner mon lit ; j'ai glissé mon bras autour de son cou délicat, mais j'en ai profité, Claire-Yvonne, pour caresser, en le retirant, cette nuque où le voile laisse échapper quelques fins copeaux d'or. Elle n'a pas daigné me montrer qu'elle s'était aperçue de la liberté prise... Et c'est de l'air le plus naturel qu'elle est sortie, par la porte cette fois, après m'avoir souhaité une bonne nuit. J'ai noté, avec un extrême déplaisir, qu'elle m'a tendu sa main ouverte, la paume en dehors, pour me faire comprendre qu'elle interdisait le baiser. C'est donc le shake-hand garçonnier que j'ai échangé avec elle ; je suis furieux, et depuis je ne lui baise plus la main.

Ce n'est pas tout. Il y a mille nuances qui sont loin de m'échapper, et dont je souffre. Afin de ne pas entrer dans des détails, qui seraient fastidieux, je me contenterai de vous dire que Mme du C. m'oblige toujours dans nos conversations à rester, comme je vous l'ai déjà dit, dans les généralités. Là, tout est permis, même les propos d'une impondérable légèreté, car elle n'est pas bégueule et rit très volontiers des polissonneries que l'esprit gaulois tire des choses de l'amour. Toutefois, elle ne donne jamais son avis ; elle ne blâme ni n'approuve, se contentant de crises d'hilarité ; quand il m'arrive d'aller trop loin, de dire un mot trop précis, elle feint de n'avoir pas entendu ou pas compris, mais son œil la trahit, qui est follement gai.

Hier, dans l'après-midi, elle est venue s'asseoir près de moi dans le parc. Je rêvais devant la pièce d'eau, ayant aux mains *Les liaisons dangereuses*. Elle n'aime pas ce livre et, bien mieux, elle m'a donné à entendre que j'étais pour elle une sorte de Valmont. Sans vouloir faire état de mes protestations indignées, elle m'a tenu un long discours sur la légèreté des jeunes hommes, sur la condition des femmes et sur la vertu, qu'elle entend cultiver. A l'en croire, elle a peu de goût pour l'amour et ses plaisirs et n'attache du prix qu'aux sentiments.

Comment peut-elle se défier ainsi de moi, me prendre pour un Valmont ? Aurait-elle fait à mon sujet la petite enquête que je vous ai priée de faire sur ses antécédents passionnels ? Si oui, j'ai quelques raisons de trembler car je compte au nombre de mes ennemis quelques vieux maris dont j'ai troublé la quiétude, beaucoup de mères effrayées par mes allures indociles, pas mal de femmes que j'ai dédaignées et toutes celles que j'ai cessé de chérir. Quelle troupe compacte et malveillante, ma pauvre amie !

Avez-vous des nouvelles des parents de mon joli bourreau d'infirmière ? Ecrivez-moi vite et longuement, et vous serez charitable, car je ne sais plus rien discerner, sinon que je suis épris, épris...

JACQUES.

X

Kerhostin, 12 août 1916.

J'ai ri comme une folle, mon cher, de votre dernière lettre. Comprenez-moi et souvenez-vous d'un mot de Renan que vous aimiez à me citer naguère, au temps où vous aviez l'unique souci d'exercer la profession d'homme du monde : « Je suis double ; quelquefois une partie de moi rit quand l'autre pleure. » Eh bien ! une partie de mon cœur s'est égayée à vos dépens tandis que l'autre compatissait à vos chagrins. C'est aussi, et vous le savez bien, que l'Amour a deux masques : l'un, tragique, pour celui qu'il intéresse personnellement, l'autre comique pour le spectateur.

Vous voir considérer d'un œil douloureux les petites précautions de votre marraine est la plus plaisante chose du monde ! Toute raison vous a-t-elle abandonné et avez-vous à jamais perdu votre flair de limier ? Quoi, c'est vous le Dangereux, vous le Séducteur, qui perdez ainsi toute notion des nuances et des valeurs d'un flirt ? Jacques, Jacques, si vous m'aviez écoutée, vous n'en seriez pas là ! Je vous avais conseillé de traiter cette affaire avec légèreté, et voilà que vous la prenez on ne peut plus sérieusement !

Enfin, je viens à votre secours : je suis si bonne !

Si la petite veuve, malgré ses discours sur la vertu et son air d'être hors du débat, se sentait près de vous en sécurité, si elle se savait imprenable, pourquoi manœuvrerait-elle ainsi ? On ne craint que ce qui est redoutable. Or, sans vous fâcher, cher monsieur, après la grave blessure que vous avez reçue et la perte de sang qui en résulta, je ne crois pas que ce soit, physiquement, votre cas. Elle lutte donc beaucoup plus contre elle-même que contre vous. Elle redoute les élans de son cœur, les défaillances de sa volonté, et — peut-être aussi, la sentimentale ! — les surprises de sa sensibilité...

Voilà de quoi vous rendre fat, lieutenant !

Maintenant, écoutez-moi bien. Je vous apporte les grrrandes révélations promises !

Madeleine du Chefdoué a 24 ans. Elle s'est mariée à 18 ans, sans trop savoir ce qu'elle faisait, au vicomte du Chefdoué qui, chevaleresquement, lui avait offert de l'enlever à sa belle-mère, vous allez comprendre pourquoi.

Madeleine eut une triste vie de jeune fille. Elle perdit sa mère dans un âge très tendre Son père, homme aimable, très bon, mais d'humeur galante, se remaria vite avec une sorte de dame de compagnie de la défunte, vaguement institutrice de Madeleine, femme dépourvue d'esprit et de beauté, mais industrieuse, gaie et douée d'une sorte de charme juvénile ; il mourut d'un accident de chasse. La veuve, vite consolée par l'héritage qu'elle recueillit, s'empressa de chercher un nouvel époux. Pauvre, d'extraction plus que modeste, elle avait eu déjà la tête tournée de se voir comtesse et châtelaine ; son veuvage lui donna une indépendance qui la grisa et acheva de lui retirer le peu de cœur qu'elle avait. Elle vécut en égoïste, isolant Madeleine dont la naissante beauté lui donnait de l'ombrage, la reléguant même dans un lugubre couvent de Basse-Bretagne, et dilapidant ses biens.

Un jour, pendant les vacances scolaires, au château ancestral où sa belle-mère ne pouvait pas se dispenser de l'accueillir, l'orpheline fut touchée de l'accueil paternel que lui fit M. du Chefdoué, ancien officier, fine fleur d'élégance et de courtoisie qui ne craignit pas de quitter le char de la veuve pour s'attacher à celui de Madeleine. Il la plaignit, la conseilla, lui fit une cour des plus discrètes et lui promit de s'occuper de son avenir.

On dit qu'il s'éprit sincèrement d'elle. Il faut le croire puisqu'elle ne refusa pas de l'épouser.

On affirme que le vicomte eut la délicatesse de céder à la prière de Madeleine, qui l'affectionnait beaucoup mais ne l'aimait pas, et qu'il ne fut son mari que de nom. Je n'en sais rien, encore que la chose soit possible, car, le jour de son mariage, le défunt vicomte frisait la soixantaine et il avait derrière lui une carrière fort honorable...

Le « mari » de Madeleine eut le tact suprême de ne point s'attarder près de sa jeune femme. Il décéda chrétiennement, après une courte maladie qui lui laissa toute sa lucidité. On me conte que Madeleine l'entoura de soins touchants, et on me les décrit tous les deux, lui, résigné bellement à sa fin prochaine, donnant à cette enfant, en de lucides conseils, tout le fruit de son expérience, elle, très peinée de voir souffrir et décliner cet homme charmant et bon qui s'était interdit de lui causer le plus léger souci.

Veuve, Madeleine vint à Paris, chez des parents. Après avoir observé strictement les règles du deuil mondain, elle subit l'inévitable fièvre d'emballement et de curiosité, qui atteint les jeunes provinciales. Elle courut les théâtres, les thés, les conférences, les soirées, les bals, puis, lasse, elle se retira dans le château où vous êtes soigné, rêvant, chassant, lisant, très aimée des poètes et des musiciens dont la société lui était chère, toujours irréprochable, exquise, et un peu triste...

Elle eut des flirts, mais on ne saurait lui attribuer une liaison...

Il paraît que votre marraine est une femme qui n'a pas trouvé, comme le dit assez ridiculement ma correspondante, son « âme sœur ! »

Adieu ! J'ai tout juste le temps de faire dans votre direction un très amical petit geste de la main, car on vient de m'appeler à l'Hôpital où arrive une ambulance automobile chargée de blessés. Mon Dieu, mon Dieu, que de douleur et de misère autour de nous !

CLAIRE-YVONNE.

XI

15 août 1916.

J'ai fait aujourd'hui ma première sortie en compagnie de ma marraine et me voici, Claire-Yvonne, tout chancelant de bonheur... Quitte à vous procurer encore l'occasion de vous égayer à mes dépens, je vous avouerai que je n'ai suivi ni vos conseils, ni ceux du parc à la française où je n'ai pas reconnu, si je les ai rencontrées, les ombres galantes des muguets du Temps-Jadis triomphant de leurs belles compagnes...

Il ne s'est rien passé du tout entre Mme du C. et son blessé, rien, du moins en fait.

J'avais une âme comme renouvelée, une âme neuve, une âme d'enfant qui s'étonne, s'émeut, s'attendrit... Le seul bonheur d'aller à pas incertains, sous les feuillages, au bras de cette amie angélique, me semblait injuste, immérité, monstrueux... J'en avais une sorte de honte, de remords, en songeant à mes camarades qui vivent là-bas, dans la fournaise, sous la pluie de flamme et de fer, tandis que je vais, moi, paisible éclopé, empli d'une félicité surhumaine...

Ah ! mon amie, si vous saviez la joie que suffit à me donner la seule présence de ma marraine ! En tournant un peu la tête, je puis voir son visage, admirer ses yeux sombres... Il me semble que rien n'existe plus au monde qu'elle et moi. Certes, l'univers s'arrête au fond de ses yeux !

Qu'avons-nous fait au cours de cette inoubliable promenade ? Rien que de parler de l'ambulance, du temps, de la prochaine offensive, des malheurs qui fondent sur la pauvre humanité. La question amoureuse n'a pas été effleurée mais les mots employés par nous avaient un sens secret que, je vous le jure, nous entendions parfaitement. Et la preuve, c'est que ma jolie conductrice a rougi plusieurs fois, exactement comme si elle avait lu les mots qui sont écrits dans mon cœur : Je vous aime !

C'est ainsi qu'un muet dialogue s'est engagé entre nous tandis que nous foulions avec lenteur le sable de l'allée ombreuse où venaient choir de temps en temps les feuilles cuivrées des platanes. Je serais fort incapable de vous redire les banalités que nous avons échangées, mais vous les imaginerez suffisamment quand je me serai contenté de vous dire qu'un ineffable sourire adoucissait encore le visage de ma marraine et se reflétait sur le mien.

Combien de temps dura cette promenade ? Dieu seul le sait, car ni elle ni moi n'avons eu conscience de la fuite légère des heures.

Plusieurs fois nous nous sommes assis sur les bancs de pierre disposés çà et là, car l'état de ma santé se rappelait vite à la sollicitude de Madeleine. Alors elle s'accusait en termes dont j'étais si touché que j'aurais voulu, pour lui prouver ma tendresse, ma reconnaissance et mon infini respect, baiser l'ourlet de son voile ou les plis de sa blouse immaculée.

Le sentiment dont je vous fais ici confidence, Claire-Yvonne, provient directement de la lecture de la lettre où vous m'avez fait la grâce et l'agrément de me communiquer les détails recueillis par vos soins sur le passé de Madeleine.

Savez-vous qu'elle a fait jaillir mes larmes, votre lettre ? Oui ! tous les projets de séduction, tous les plans de conquête élaborés par la cervelle du Jacques d'avant-guerre se sont dissipés, évanouis, comme un vol d'oiseaux nocturnes au premier frisson de l'aurore ! Il me fut si pénible d'apprendre que ma pauvre petite marraine n'a connu de l'amour maternel que les calculs d'une mégère enrichie à ses dépens et de l'amour humain que l'affection d'un galant homme sur le retour ! Oh ! je voudrais la voir, la rendre heureuse, la sentir vivre avec toute l'intensité qui est digne de sa jeunesse.

Déjà, le sourire qu'elle a gardé près de moi tant que notre promenade nous eût éloignés des fâcheux m'a été une bien douce récompense. J'en ambitionne d'autres.

Sentez-vous, Claire-Yvonne, combien je suis changé ?

Le soir de ce beau jour, j'ai, pour la première fois, dîné dans la grande salle à manger du château, en campagnie du général Minot, de trois camarades légèrement blessés et de notre major. La table, ornée des fleurs de l'été, était présidée par le général et par ma marraine, qui fut éblouissante de grâce et de gaîté. Elle fit venir le champagne et, avec un embarras charmant, leva sa coupe en l'honneur des blessés et en particulier du « lieutenant d'Estolie qui venait de faire ses premiers pas ». J'appris ainsi que, dans la pensée de Madeleine, ce dîner avait été donné en mon honneur. Nul ne s'y était mépris car, en quittant la table, le général Minot, de qui s'était approchée Mme du C. pour lui prendre le bras, me fit signe :

— Lieutenant, soyez-donc le cavalier de Madame du Chefdoué...

Je rougis jusqu'aux oreilles, ce qui ne m'empêcha pas de répondre :

— Mon général, je n'en ferai rien... Venus aime la compagnie de la Gloire...

Le grand chef s'inclina légèrement et me dit d'un ton bourru et paternel :

— Allons, obéissez, vous dis-je, car je n'ignore pas qu'aux yeux de Venus la Jeunesse a plus de mérites que la Gloire...

Et ce fut au tour de ma marraine de rougir.

Nous avons pris, en bavardant, le café et les liqueurs dans le propre boudoir de Madeleine qui tint à nous servir elle-même ne voulant plus être, à cette heure-là, que notte vivandière. Ensuite on s'est groupé sur la terrasse autour de la chaise-longue où la fatigue m'avait contraint de m'étendre de nouveau. Je dus réciter quelques vers, après quoi le major nous ordonna d'aller nous coucher : nous n'étions que des blessés...

En prenant congé de ma marraine devant la porte de sa chambre, j'ai senti nettement qu'elle mettait de la complaisance à laisser dans la mienne sa main où s'attardait mon baiser.

Je vous écris de ma chambre, où je veille, tant je me sens grisé, ravi, emporté par un bel élan intérieur au-dessus de l'habituelle médiocrité de mes désirs...

J'ai fait tomber une chaise par mégarde... On frappe au mur... Instinctivement, je demande :

— C'est vous, Madeleine ?

Et on me répond :

— Oui. Couchez-vous bien vite, imprudent ami, je le veux !

Je l'ai appelée Madeleine sans l'offenser ! Pourrai-je recommencer demain ?

Je me couche, puisqu'elle le veut. Bonsoir, Claire-Yvonne. Ah ! que je suis heureux !

JACQUES.

XII

Kerhostin.

Je me réjouis sincèrement, mon ami, du bonheur que vous donne ce printemps d'amour et je souhaite que vous ayez l'habileté de le faire durer longtemps, longtemps, car, je le sais, il n'y a rien de meilleur au monde.

Mais j'appréhende ce que vous me permettrez d'appeler le « réveil du fauve », étant un peu comme cet Anglais qui, si j'en crois la chronique, suivait avec impatience une ménagerie ambulante pour être présent le jour où le dompteur serait dévoré par le tigre...

Tout l'intérêt de ce qui se passe entre vous et votre marraine réside dans l'instant fugitif où elle se résoudra — ou ne se résoudra pas — à tomber dans vos bras comme une jolie petite chose lasse, vaincue, consentante, qui deviendra votre proie, vilain lieutenant !

Les antécédents de Mme du C. m'autorisent à croire qu'elle ne succombera qu'après une belle défense, où vous aurez grand besoin de mes conseils, car, si elle vous aime — comme j'en suis persuadée — j'ai tout lieu de croire qu'elle a dû se poser la question et envisager par avance la réponse qu'elle est résolue d'y faire.

Je vois, d'un œil satisfait, que vous avez su endormir un peu sa vigilance et, d'un œil malicieux, que vous n'avez point tenu la promesse que vous vous étiez faite de ne plus lui baiser la main... Entre nous, la différence d'expression qu'offre l'aspect de mes yeux doit me donner une allure assez singulière...

Mon Dieu ! faut-il que vous ayez tous les deux de coupables pensées pour rougir comme vous le faites, à propos de tout !

On vous traite fort bien, ma foi ! On donne un dîner, en somme, en votre honneur : Souffrez que je vous félicite. Souffrez aussi de m'entendre vous dire tout le mérite qu'a cette charmante femme à vous distinguer ainsi publiquement. C'est, mon cher, qu'elle a les sentiments habituels à toutes les femmes : l'effréné désir de plaire, d'être encensée, adorée, de le montrer, de le prouver, en même temps que la terreur de voir sa conduite blâmée et sa réputation ternie... Sentiments contradictoires, bien malaisés à cultiver ensemble, n'est-ce pas ? Vous riez, méchant garcon ? Je vous assure que cette situation n'a pour nous rien d'agréable ! Aussi soyez à la fois prudent et hardi.

Soyez prudent, mais pas trop, dans vos manifestations sentimentales, et n'ayez garde d'oublier que, lorsque nous sommes contraintes de nous fâcher, ce n'est qu'en paroles : notre cœur, au fond, est ravi d'absoudre, tant nous avons d'indulgence pour les folies commises pour nous ! Aussi bien, il vaut beaucoup mieux encourir les rigueurs d'une femme que de l'offenser par du respect. Voilà pourquoi je vous prie de cultiver la hardiesse.

Faites votre profit de mes conseils et, si vous les suivez, si vous déployez toutes les qualités de cœur, d'esprit et de tact que je vous connais, vous avancerez fort vite dans les bonnes grâces de votre marraine. Ne laissez pas, surtout, passer l'instant favorable où l'on peut accueillir avec indulgence les libertés qu'on feint de ne pas voir que vous prenez, le progrès que le silence vous autorise à faire...

Nous sommes des créatures du *moment* et il arrive que ce qui nous aurait plû la veille nous soit le lendemain devenu impossible et odieux. Plus encore que le temps, le moment qui a fui ne saurait se retrouver !

J'aurais voulu continuer de bavarder longuement avec vous sur ce sujet mais, outre que je suis très lasse, je ne me sens pas le goût d'écrire aujourd'hui. Il fait, d'ailleurs, un affreux temps ; je me noie, ainsi que ce coin du monde, dans un océan de brume... La mer, soulevée, fait un vacarme d'artillerie... J'ai mal de vivre... Tenez, je vais, pour me fuir, pour oublier ce qui m'entoure, regagner d'un bond la lune, où vous m'avez affirmé tant de fois que j'ai mon principal domicile.

CLAIRE-YVONNE.

XIII

CARTE POSTALE

S. M. Ambulance 25/VII.

8 Septembre 1917.

Qui sera déçue ? Ce sera Claire-Yvonne, qui n'aura trouvé sous l'enveloppe déchirée par ses soins que quelques lignes — mais très affectueuses — griffonnées au dos de ces cartes postales... Tout va pour le mieux, y compris ma jambe. Je marche rapidement vers le congé de convalescence (que je désire passer ici). Ma marraine est de plus en plus gentille et câline (j'ajoute *moralement* afin que vous ne puissiez être tentée de pousser un cri de triomphe). Notre amour, encore inavoué, est une chose délectable qui, jusqu'ici, a échappé aux lois dont vous tenez tant à me rappeler l'existence. Je ne veux rien calculer ni prévoir, me bornant à vivre l'heure que je passe près d'Elle et, surtout, je ne forme aucun projet sur — ou contre — l'Ange que Dieu a mis à mes côtés.

A bientôt une longue, très longue lettre.

Votre ami JACQUES.

N'est-ce pas qu'il est joli le château, même sur ces mauvaises épreuves ?

XIV

CARTE POSTALE

Hôpital auxiliaire, Trestraou

10 Septembre 1917.

Ravie d'avoir de vos nouvelles, Jacquot, je vous réponds brièvement, sur une carte postale, en vous donnant à méditer ce mot de Pascal : « L'Homme n'est ni ange ni bête ; le malheur est que qui veut faire l'ange fait la bête ! ».

Je me sauve ! Vous m'arracheriez les yeux.

Sourires, révérence.

CLAIRE-YVONNE.

XV

Ambulance 25/VII, S. P. 2.

Claire-Yvonne, ma grande amie, je suis en train de devenir fou de douleur... Madeleine est partie! Elle a fui, sans explication, sans même me laisser un mot d'adieu... Je suis seul, tout seul, dans ce grand château, dans cet immense parc où je retrouve à chaque pas des souvenirs de celle qui m'a fait connaître les plus chers, les plus précieux instants de ma vie... Je pleure en vous écrivant, comme un enfant dans la chambre mortuaire de sa mère... Ah ! je vous le jure, il me semble que j'ai tout perdu ! Pourquoi ne peut-on mourir de chagrin, là, tout de suite?

Quelle cruauté que ce départ clandestin et qu'il faut avoir peu de cœur pour abandonner un être dont on s'est fait aimer! Par instants, une colère me secoue et m'emporte au point que je crierais les pires choses à cette Madeleine, si j'étais sûr qu'elle pût les entendre.

Je la déteste !

Mais il faut bien que je prenne sur moi, n'est-ce pas, pour vous exposer, aussi clairement que je le puis, tout ce qui s'est passé, car vous seule pourrez m'éclairer, me guider, me consoler, me venir en aide : J'ai foi en votre affection si belle et si désintéressée.

Nous vivions depuis des jours et des jours le plus délicieux des romans. Nous nous adorions sans oser nous l'avouer et sans traduire nos sentiments par d'autres paroles et par d'autres gestes que ceux de l'amitié la plus pure ; nous étions spiritualisés par l'excès même de notre tendresse. Madeleine, de plus en plus affectueuse, avait cessé de lutter pour me voler son temps, sa présence et ses regards ; elle s'abandonnait à la commune félicité qui nous portait, comme un fleuve paisible porte une barque de plaisance. Nous ne nous cachions pas, n'ayant rien à dérober aux yeux de ceux qui vivaient près de nous et qui trouvaient, je crois, très jolie cette amitié fraternelle de marraine à filleul. Quel rêve nous avons vécu !

Hier soir, Madeleine, ainsi que de coutume, était

venue s'asseoir à mes côtés, sur notre balcon. Elle était gaie, amusante, un peu taquine... Nous bavardâmes longtemps, si longtemps que je me souviens d'avoir entendu sonner onze heures par la cloche de la chapelle.

Il faisait très sombre et, sauf le ciel brasillant, je ne voyais que cette gracieuse forme blanche qui était près de moi, tout près... Me croirez-vous, Claire-Yvonne, si je vous affirme que nul désir ne m'effleurait?.. Je vous le jure, incrédule amie, je ne pensais pas du tout que ma marraine était une femme... Le contact subit de sa main, que la mienne rencontra, suffit à m'en faire souvenir : je la fis prisonnière, cette main... Elle fut bénévole et ne tenta pas même de s'évader. Soudain, à une petite phrase de doute qu'émit Madeleine, je lui répondis, sans y prendre garde, sur le ton le plus simple et le plus naturel, comme une chose répétée cent fois :

— Que dites-vous là, mon amie ? Vous savez très bien que je vous aime !

Sa main frémit, se libéra. Je voulus la reprendre. Il y eut une courte lutte, et j'eus Madeleine dans mes bras, lourde comme une morte, la tête renversée... Je couvris de baisers cette tête charmante...

Nos lèvres se joignirent... Elle me rendit fougueusement mes baisers...

Alors, je tentai de la soulever, de l'emporter dans ma chambre, mais je n'ai pas encore reconquis toutes mes forces... Elle m'échappa, trébucha, se retint à la rampe, s'y adossa, se passa la main sur les yeux, me regarda, poussa un léger cri et s'enfuit...

Je tentai de la poursuivre, de l'atteindre, mais elle fut chez elle la première et j'arrivai juste pour voir se fermer sa porte-fenêtre et se tirer ses doubles-rideaux...

Quelques minutes, je restai là, à me reprendre, à me dégriser, puis je rentrai chez moi d'où toute la nuit j'entendis ma bien-aimée aller et venir, ouvrir des placards, tirer et pousser des tiroirs. Mon bonheur venait de se jouer et cependant j'étais tranquille; surprise par le brusque appel des sens, Madeleine avait eu l'énergie d'y résister, mais elle m'aimait, puisqu'elle m'avait rendu mes caresses...

A l'aube seulement, je pus fermer l'œil et tomber dans un pesant sommeil que ne parvint pas à interrompre l'arrivée du soldat chargé de mon chocolat et de mon courrier. Ce ne fut qu'à onze heures qu'enfin réveillé je fus debout, habillé. J'avais grand'hâte de revoir ma marraine, de lire dans ses yeux ; aussi descendis-je vite à sa recherche, le cœur battant.

Elle n'était ni à la lingerie, ni à la cuisine, ni à l'infirmerie. Je patientai malaisément, pensant bien que je la verrais au déjeûner que nous prenions en commun, depuis quelques semaines, avec les officiers.

Madeleine n'y parut pas ; son couvert n'était pas mis !

Cela devenait étrange !

Au café, je finis par me résoudre à dire au major, d'un ton détaché :

— Tiens, nous n'avons pas vu notre hôtesse ?

Il me jeta un singulier coup d'œil et me répondit :

— Comment ! Elle ne vous a pas prévenu ? Mais elle nous a fait ses adieux, à tous, ce matin, à 9 heures ! Oui, depuis longtemps, je lui conseillais de se reposer... Ce matin, elle s'est décidée enfin, assez brusquement...

Il s'arrêta pour me regarder car, sans doute, mon visage venait de traduire trop clairement ce que je ressentais ; puis, très vite, comme il a du tact, il reprit, pour empêcher mes camarades de faire attention à moi :

— Notre infirmière-major goûtera un repos bien

gagné... Elle est ici depuis août 1914, à se prodiguer ; ma foi, les forces humaines s'usent dans le surmenage. Je la trouvais amaigrie, nerveuse, surtout depuis quelque temps, elle que j'ai connue si parfaitement maîtresse d'elle-même qu'on pouvait la juger froide.

Pendant que parlait le major, j'eus le temps de me reprendre et de trouver une phrase polie pour déplorer qu'un stupide sommeil m'eût privé d'assister au départ de Mme du Chefdoué. Il fit celui qui n'était pas dupe, en hochant la tête, mais il répliqua, pour la galerie :

— Bah ! dans une quinzaine de jours je signerai votre bulletin de sortie et vous irez à Paris, en congé de convalescence, saluer votre infirmière et la remercier de ses bons soins.

Dans une quinzaine ! Il en parle à son aise ! Mais moi, je serai fou, Claire-Yvonne, s'il me faut vivre ces nombreuses journées sans rien savoir d'elle, de ce qu'elle sent, de ce qu'elle pense, de ce qu'elle dit. Je vous en supplie, au nom de notre vieille amitié, faites l'impossible pour moi, dites ? Allez à Paris, renseignez-vous, voyez Madeleine... Votre cœur et votre intelligence feront le reste.

Au secours ! Je suis capable de faire une folie — tenez, de repartir au front, sans même attendre mon congé de convalescence, et là, de demander à être versé dans l'infanterie : qu'est-ce que la vie pour celui que le bonheur abandonna ?

J'aurais ri de moi autrefois si je m'étais laissé aller à écrire une seule phrase sur un tel ton de tristesse romanesque. Je vous jure qu'aujourd'hui je suis sincère en le prenant sur ce ton. Qui m'a changé ? Est-ce l'amour véritable que je ressens, est-ce la guerre, la guerre brutale et bête que j'ai faite ? En tous cas, comme je me sens devenu grave, sérieux, profond... Claire-Yvonne, ayez pitié de moi, je souffre ! Voyez-la bien vite, parlez-moi d'elle. Ah ! tout plutôt que cet affreux silence ! Je fais appel à nos souvenirs d'enfance, à notre amitié, qui fut toujours si tendre et si loyale ; ne refusez pas de m'aider, faites l'impossible pour la retrouver, lui parler, et tenez-moi au courant tout de suite : Je n'en peux plus !

Votre ami très triste,

JACQUES.

XVI

TÉLÉGRAMME

Perros-Guirec. 494.16.9.17 — 10 h. 50.

Avez de la chance. On me réclame Buffon. Serai Paris demain et vous repêcherai . Affectueusement.

Cl. Yv.

XVII

48, rue Barbet de Jouy, Paris, VIIe.

Mardi.

Il faut vraiment que je vous aime beaucoup, beaucoup, mon ami Jacques, pour me décider à vous écrire, au soir d'une journée aussi bien remplie ! Jugez-en : Débarquée en gare Montparnasse ce matin à 7 h. 30, après une nuit détestable passée en wagon, je suis arrivée chez moi, mourant de fatigue, laide à faire peur, et j'ai trouvé là, comme je le prévoyais, tout sens dessus-dessous. Sitôt que j'ai été présentable, je me suis rendue à Buffon, par le démocratique tramway, et j'y suis entrée tout juste pour être grondée par le chirurgien-en-chef, être réquisitionnée par lui pour l'aider dans une opération des plus délicates et répondre ensuite de mon blessé. Je n'ai déjeuné que du bout des dents. A quatre heures, mon opéré étant hors de danger, il m'a été permis de partir. Vite, j'ai sauté dans le métropolitain pour aller chez mon amie Lucienne où je croyais trouver la pie au nid. Je fus déçue. Lucienne était absente, en visite. La femme de chambre m'affirma cependant que je trouverais sa maîtresse chez son amie et parente Ginette. Ginette est la cousine de votre fugitive... Dans la rue, je tiquai, flairai le vent et me décidai à aller chez Ginette avec qui, pourtant, je ne suis pas très liée. J'ai hélé un taxi-auto providentiel et...

Et sitôt entrée dans le salon de Ginette, je me suis trouvée nez-à-nez avec votre inhumaine infirmière.

C'est elle qui servait le thé et faisait circuler les gâteaux : la jeune fille de la maison, quoi ! Ginette, en nous présentant l'une à l'autre, avait un drôle de petit air. Elle n'a pas oublié avoir donné des renseignements sur sa cousine à Lucienne, et, comme elle me sait très intime amie de ladite Lucienne, elle a vite établi un rapport étroit entre ma subite arrivée et la fuite récente de votre marraine. Peut-être celle-ci lui a-t-elle fait déjà des confidences ?

J'avoue qu'elle est jolie, sympathique, séduisante, cette madame-là, et je ne m'étonne plus maintenant qu'elle ait fait en votre cœur de si grands ravages. Vous avez du goût. Compliments !

Etant toutes deux infirmières, nous avons été rapidement bonnes camarades et, même, quelque chose me dit que nous deviendrons des amies, de grandes amies.

Hein ? vous voudriez bien savoir quelle physionomie elle avait, à mes yeux de femme ? Je vais vous le dire franchement, d'homme à homme : elle avait un petit air — comment vous le dire ? — tenez exactement celui qui convient à une très jeune femme qui aurait bien voulu pécher, mais qui — hélas ! — s'est rappelée à temps que c'est vilain, très défendu... Me suis-je faite entendre ? Oui, n'est-ce pas ? — Votre nom n'a pas été prononcé ; c'est à peine si nous avons parlé des hommes en général. Aussi bien, Madeleine n'a, pour ainsi dire, pas pris part à la conversation, elle rêvait... Deux ou trois fois Ginette a été obligée de lui dire :

— Eh bien, Mado ? Allons !

Comme on le fait pour des gens que l'on aime bien, qui trouvent un certain plaisir, quand ils ont un gros chagrin, à s'absorber dans leurs songeries mélancoliques. Alors, votre marraine hochait la tête et faisait à sa cousine un pauvre sourire navré.

Ah ! Monsieur, vous êtes bien coupable !

Si coupable, qu'en la quittant j'ai eu envie de l'embrasser en lui soufflant : C'est de la part de Jacques !

Toutefois, je m'en suis bien gardée, craignant, à juste titre, que la seule évocation du dangereux filleul ne suffît à la faire s'enfuir en Bretagne chez son oncle, où j'aurais pu difficilement la poursuivre et la relancer.

Ne perdez pas courage. Je crois que l'état de vos affaires est, au fond, excellent. Je n'ai guère le temps de vous dire sur quoi se fonde mon opinion, qui peut très bien être influencée par vos lettres. Je me la referai moi-même et j'ai, dans ce but, invité à diner le gentil trio : Lulu, Ginette et Mado. Vos oreilles tinteront ce soir-là ! Je compte enjôler et confesser votre marraine...

Mais, vraiment, est-il si nécessaire que cela de la confesser ? La fuite est un aveu si criant, si public ! Faut-il qu'elle vous redoute, Jacques, faut-il qu'elle ait peu d'estime pour ses facultés de sagesse et pour son goût de la résistance ! A votre place, je serais fort satisfait de ce brusque départ et, loin de sentir mille cuisantes brûlures sur l'épiderme de ma fatuité, je le sentirais agréablement caressé. Ah ! l'éclatant hommage rendu à votre charme de séducteur !

Je vous quitte, non sans vous avoir assuré, fat, que vous pouvez vous redire, en pensant à vous, à elle et à moi, la fin du beau sonnet que José-Maria de Hérédia appelle *L'Esclave* :

Sois pitoyable ! Pars, va, cherche Cléariste
Et dis-lui que je vis encor pour la revoir.
Tu la reconnaîtras, car elle est toujours triste.

C'est la vérité, mon cher ; elle doit vous être consolante, car, en vous punissant, votre marraine s'est atteinte elle-même, avec une terrible cruauté. Ainsi, vous souffrez tous les deux ! Et moi qui étais prête, certains soirs, à envier votre bonheur ! On n'est jamais sage !

Votre amie,

CLAIRE-YVONNE.

XVIII

Ambulance 25/VII.

Il m'a été doux, mon amie, de savoir que vous avez vu Madeleine, que vous lui avez parlé. Comme je vous envie ! Je ne vous cacherai pas le plaisir que j'ai pris à la savoir mélancolique, mais cela n'est pas fait pour arranger les choses, pour résoudre le problème... Si elle est préoccupée, songeuse, triste, comme vous me l'assurez, c'est que cette séparation — dont elle est seule responsable — lui a coûté, lui coûte encore, c'est qu'elle m'a aimé, qu'elle m'aime ! Alors, pourquoi cette fuite, ce silence ?

Je peux attribuer le brusque départ de ma marraine à la crainte de glisser trop vite sur la pente où nous étions, mais le silence qu'elle garde me semble impardonnable !

Comment ! une femme entre dans ma vie, s'en aperçoit, le sait, s'y installe, se plait à y régner et, quand elle pense faire courir quelque péril à sa réputation ou à sa vertu, elle s'en va ! Bonsoir, lieutenant ! nous badinions : çà pourrait devenir dangereux. Je vais m'éloigner, me distraire et vous oublier afin de pouvoir recommencer avec un autre, quand j'irai mieux, ce délicat divertissement.

Non, Claire-Yvonne, je n'entends pas de cette oreille-là et je suis d'avis que, si Madeleine avait un cœur, elle pourrait, au minimum, me faire la grâce de m'écrire pour s'expliquer ou me dire adieu. Son attitude, tenez, n'est pas même conciliable avec l'éducation qu'elle a reçue.

Lui trouvez-vous des excuses, vous qui allez devenir son amie, je le sens..?

Ah ! vous êtes toutes pareilles, toutes pétries de coquetterie et de déloyauté ! Rien ne vous est plus agréable que le spectacle du mal que vous nous faites : c'est là votre gloire !

L'instant où le major signera mon bulletin de sortie n'est plus très éloigné. Cette perspective me laisse tout à fait indifférent. Je vis sans goût et sans but.

Pouvez-vous me donner l'adresse de cette Ginette qui est la cousine de Madeleine ? Il n'est pas possible que ma marraine ne réponde pas à la lettre que je lui écrirai. Elle me doit des explications, quand ce serait que par simple probité sentimentale.

Je vous remercie de l'affection vraie que vous m'avez prouvée, une fois de plus. L'amitié des femmes vaut mieux décidément que leur amour. J'ai des amis qui ne veulent avoir avec les belles madames que des rapports amicaux et qui, pour le reste, ne s'adressent qu'aux ceintures dorées. Je les méprisais naguère. Aujourd'hui, je ne suis pas loin de croire qu'ils obéissent à la sagesse.

Répondez-moi sans surseoir car je sens que mon destin est enfermé dans vos enveloppes. Merci encore, ma grande amie.

JACQUES.

XIX

Lycée Buffon. Hôpital auxiliaire n° 107.

Je ne fais aucune difficulté pour convenir que votre marraine en use fort mal à votre égard, mon pauvre ami! Des semaines de travaux prudents, de soins délicats, de nombreuses soirées de confidences, de clair-de-lune et de poésie méritaient, certes, un traitement tout autre... Mais aussi pourquoi n'avoir point suivi les judicieux conseils que je vous donnai? Ne vous avais-je pas dit de ne guère prendre au sérieux le goût que vous aviez pour elle, si vous vouliez être heureux? C'était la raison même, Jacques puisque vous n'étiez pas résolu à conquérir, une fois pour toutes, un cœur qui aurait été vôtre pour la vie entière. Je ne pense pas que votre intention ait été d'épouser Mme du Chefdoué. Vous ne me l'avez jamais dit, du moins, et je ne crois pas que vous lui ayez parlé justes noces?

La perte d'une jolie femme devrait être pour vous légère car rien ne vous est plus aisé que de plaire, et, pour être franche, je vous dirai tout net que j'attends de vous, avec impatience et curiosité, lors de votre prochain congé de convalescence, un communiqué victorieux : une de perdue...

Le diner où j'avais convié Lucienne, Mado et sa cousine ne m'a rien appris, sinon que votre marraine a été plus aimable que de raison avec mon filleul, un jeune et mince officier aviateur. Il est vrai que les « as » sont fort bien en cour auprès des femmes... C'est égal !

Madeleine n'avait pas mis ce soir-là le léger voile de mélancolie qui lui va si bien. Elle était gaie, amusante, un peu taquine, comme ce fameux soir où, près de vous, au balcon...

Je dîne chez Ginette samedi. Il y aura des officiers en permission, dont un lord et un comte roumain. Mon filleul, invité, a accepté avec un empressement qui m'a déplu.

J'espère que vous viendrez me surprendre bientôt, soit à Buffon, soit rue Barbet. Je serai enchantée de vous revoir. Nous dînerons ensemble. Cependant, je crois plus franc de vous dire d'avance que je ne vous promets pas de vous ménager une entrevue avec Mado. Si le hasard s'en mêle, je serai ravie.

Il ne m'est pas possible de vous donner l'adresse de Ginette. Ce serait aller peut-être contre vos intérêts car, sans être sorcier, on saurait vite d'où vient l'indiscrétion.

Quant à notre coquetterie, mon cher, laissez-moi vous dire que je note ceci : vous vous en plaignez amèrement quand vous n'en profitez pas. Elle vous semble adorable lorsqu'elle est un piège où telle est prise qui croyait prendre et qu'ainsi elle sert vos projets de conquête.

Ne me laissez pas sans nouvelles de vous, n'est-ce pas ? et croyez, de plus en plus, à ma vieille amitié. Je tiens beaucoup à la vôtre.

CLAIRE-YVONNE.

Avouez que, si j'étais méchante, je pourrais me réjouir de ce qui vous arrive en déclarant que vous l'avez bien cherché, avec votre manie de faire le cour à toutes les femmes. Vous en avez trouvé encore une qui vous résiste et qui s'est enfuie, avec un joli pied-de-nez, monsieur le lieutenant Flirt. Voilà qui vous apprendra à ne plus faire fi de mes conseils !

XX

CARTE-POSTALE

Je vous remercie de votre dernière lettre, Claire-Yvonne. Je n'attendais pas moins de vous. A l'instant, je file sur le dépôt d'un régiment d'infanterie. Je compte participer à la grande offensive qui se prépare.

Toujours, votre affectionné,

JACQUES.

Ne me parlez plus jamais d'elle, si je reviens...

XXI

CARTE POSTALE

Retour a l'Envoyeur.
Le Destinataire n'a pu etre atteint.
Le Vaguemestre :
X...

Vous êtes fou à lier, Jacques ! Nous nous mourons d'inquiétude, *toutes les deux*... Vite, envoyez-moi votre adresse afin qu'*on* puisse vous écrire, méchant garçon !

Tendrement à vous, de *sa* part.

Claire-Yvonne.

XXII

F... le...

On nous a envoyés aux bains de mer, sur une plage du Nord, en Belgique, pour nous permettre de nous détendre un peu, et c'est de là que je vous écris, mon amie, tout étonné d'être encore de ce monde... C'est que j'ai vécu des heures d'épouvante !

La dernière offensive des Flandres, d'où je reviens, a été préparée par un bombardement inouï et si consciencieux, qu'après avoir franchi à la tombée du jour le canal de l'Yser, nous n'avons trouvé nul vestige des travaux défensifs accumulés là par l'ennemi. Rien que de la terre labourée, bouleversée, crevée par les obus anglais : des trous profonds de 7 mètres et larges de 20 ! C'est dans ces cavités que nous avons passé la nuit, une belle nuit, mais tout emplie par le vacarme infernal de nos canons. Je parviens cependant à somnoler, tant ma fatigue est grande. A quatre heures du matin, je suis réveillé. Mon capitaine me serre la main et me dit :

— On va faire passer l'heure officielle.

— H = 5. Je le sais depuis la veille au soir.

Les hommes boivent la « gnole » qu'on vient de leur distribuer. Quant à moi, je refuse ce cordial, estimant que le bombardement me joue assez sur les nerfs comme cela ! J'aimerais mieux partir tout de suite qu'attendre encore. Mes « bonhommes » se recueillent... Certains pleurent silencieusement ; il y en a qui rêvent tout haut, d'autres qui tirent de leurs poches des lettres et des photographies ; ceux-ci se font des recommandations, ceux-là prient...

— Faites passer cinq minutes !

Ah ! les horribles minutes, si longues, si longues...

Je me dois de sortir le premier.

Au-dessus de nos têtes passent nos obus. L'artillerie alliée allonge son tir...

Allons-y !

Je suis le seul homme debout dans la plaine pendant une seconde ; puis mon sergent et trois braves m'encadrent ; enfin, à droite et à gauche, voici sortir de terre des vagues de guerriers bleus, tandis que les Allemands, qui nous ont découverts, nous mitraillent et lancent des fusées à quatre feux rouges pour demander du secours à leur artillerie.

Nous avançons rapidement, en évitant bien d'approcher des anciens cratères creusés par les obus, où stagne la boue ; d'ailleurs, j'ai tout prévu en faisant distribuer deux cordes par section afin de sauver de la mort par enlisement ceux qui tomberaient dans ces profonds cloaques. Mon cerveau est d'une lucidité parfaite ; il me semble même que, surexcités par le sentiment du danger, mes sens deviennent plus fins, plus subtils...

Soudain se déclanche ce que je redoutais — le tir de barrage ennemi... Chacun sait ce qu'il doit faire... On s'aplatit, on rampe, on se terre dans les trous d'obus que l'eau n'a pas envahis... Vite, on se relève, dès qu'on le peut, on court, *on fuit en avant,* avec la crainte de se noyer dans la boue liquide, la terreur de recevoir un éclat d'obus et avec, aussi, dans les oreilles, l'affreux bruit déchirant des schrapnels... J'éprouve une soif atroce, une soif de fièvre... Enfin, le barrage ennemi est dépassé. Je compte d'un rapide regard ceux qui m'entourent... Je suis le seul officier ! Mon capitaine et une centaine d'autres sont restés là-bas, dans l'orage de feu qui peut, d'un instant à l'autre, revenir crever sur nous.

Je prends le commandement. Toujours au pas de course, nous avançons sur ce qui fut la seconde ligne allemande. Plus de tranchées, plus de boyaux, mais, épars, au milieu d'abris de béton entr'ouverts, des casques, des musettes, des armes brisées, des masques et des cadavres, Claire-Yvonne, oh ! des cadavres...

Un coup de fusil nous salue, puis un autre, et toute une mousqueterie s'éveille je ne sais où, car l'artillerie amie dresse devant nous une muraille mobile de fer et de fumée...

Enfin, nous voici à l'orée d'un bois — ou plutôt de ce qu'il en reste : broussailles calcinées, racines déterrées, branches brisées, et des troncs s'élevant droits et nus comme des colonnes funéraires :

— Au pas de course !

C'est le fameux bois Triangulaire, battu par le feu ennemi. On s'y jette. Ah ! qu'il en tombe des hommes autour de moi ! Les uns pour se relever en jurant, les autres pour l'Eternité... Aux éclats d'acier, aux balles des schrapnels s'ajoute une pluie meurtrière d'éclats de bois et de cailloux, des chûtes d'arbres... Un instant après avoir sorti ma troupe de ce bois dantesque, je m'aperçois à temps que nous allons tomber sous le feu de nos propres canons. Vite! des fusées pour obtenir l'allongement du tir!

Je n'ai plus de revolver, plus de canne, plus de casque. Tout cela s'est perdu, m'a été arraché dans le bois Triangulaire...

En route pour la troisième ligne!

Tacata-tacata, tac-tac...

Des mitrailleuses embusquées nous ont vus...

Heureusement, l'admirable tir de notre artillerie se déplace! Le voilà sur les nids de guêpes... C'est le silence!...

Maintenant notre objectif est atteint. Il est même dépassé, car je reconnais un fortin bétonné, fendu par un gros obus, que j'examinais hier matin de notre poste d'observation : Nous avons conquis la troisième ligne allemande!

Ordre nous vient de nous arrêter, de consolider le terrain et d'attendre. Le succès est magnifique, nos pertes sont relativement légères : on se serre les mains...

Mais voici que, coïncidant avec le réveil des canons ennemis, la pluie se met à tomber, fine, têtue, puis à grosses gouttes, diluvienne. En un clin d'œil, nos vêtements sont trempés, traversés ; l'eau ruisselle sur ma peau, je claque des dents. Et il faut passer la nuit ici ! La terre est gluante... Quand je me réveille je suis assis dans trente centimètres d'eau. Le bestial sommeil où j'ai fini par tomber m'avait empêché de sentir cette incommodité.

Et la pluie tombe, tombe toujours... Les vagues d'assaut victorieuses se sont figées dans l'immobilité générale d'un océan de boue... Les Boches, de plus, arrosent la plaine, et des hommes sont frappés, agonisent et meurent à mes côtés... Dans le trou d'obus où je me suis organisé avec un adjudant et une douzaine d'hommes, j'ai maintenant de l'eau jusqu'aux genoux... Et la pluie inexorable continue de nous inonder sous le plus bas, le plus terne, le plus lugubre des ciels du Nord...

Mon amie chère, cette situation s'est prolongée pendant cinq jours ! Cinq jours vous m'entendez, nous sommes restés là, dans l'eau, sous la pluie, sous les obus, trempés, transis, presque immobiles, et n'ayant pour toute nourriture que le biscuit mouillé et le « singe ». Quant à la boisson : néant. Mon bidon a été crevé par je ne sais quel projectile et je dois me résigner à boire, non sans nausées, l'eau saumâtre et boueuse d'un trou d'obus. Imaginerezvous jamais, Claire-Yvonne, ce que ça peut représenter de tortures, cinq jours pareils ?

Parfois, très rarement, des corvées de ravitaillement arrivaient jusqu'à nous, au prix d'efforts méritoires, chargées de vin et d'alcool. Alors on entendait monter du sein de la terre des appels et des cris. Les braves gens que mes soldats ! Fiévreux, l'écume aux lèvres, courbaturés, grelottants, l'œil fou, j'en ai entendu qui demandaient la mort, l'appelaient, d'autres qui déliraient doucement, mais pas un ne parla de reculer : C'est que nous étions la frontière vivante de la France !

Enfin, le soir du cinquième jour, on signala l'approche de la relève... Alors, oh ! alors, spontanément, nous nous sommes tous embrassés en pleurant de joie !

Il y a quatre jours de cela et pourtant une fatigue sans bornes m'accable encore ; je souffre atrocement de ma jambe blessée : la nuit, j'ai des cauchemars effrayants. Il me semble que je suis enfoui vivant avec des cadavres pleins de boue, et les plaintes que j'élève me réveillent soudain ; j'appelle au secours je ne sais qui...

Bientôt, dans quelques jours, nous remonterons en

ligne ; nous enfoncerons de nouveau les positions ennemies. Je n'oublierai pas, si je suis épargné encore une fois, de vous rassurer sans délai, puisque j'ai eu la faiblesse de vous alarmer en vous écrivant tout ceci. Il faut me pardonner, Claire-Yvonne, car il y a des instants où le cœur humain éclate...

Lt J. d'ESTOLLE,
1er R. I., 1re Cie, S. P. 213.

P.-S.

Je m'étais promis de ne plus vous parler de Madeleine, mais est-ce possible ? Je sens, à la violence des sentiments qu'elle m'inspire, que je ne puis pas agir comme si elle n'avait jamais existé. Claire-Yvonne, regardez-moi avec compassion, car je suis un pauvre homme qui vient d'affronter de nouveau, dans son horreur accrue, l'effroyable guerre moderne, et cela sans même connaître le réconfort d'un souvenir doux et joli. Loin de là : j'ai la sensation que ma marraine s'est amusée de moi. Ah ! l'égoïste coquette ! Je vous jure que je l'a haïe férocement lorsque, dans mon trou d'obus, dans l'enfer des explosions, je voyais délirer mes pauvres soldats qui avaient jusqu'à la ceinture de l'eau rouge et sentant le cadavre !

Avant de connaître cette femme, même aux heures les plus atroces (pendant la terrible retraite de Charleroi, par exemple), j'étais encore un homme jeune : j'avais des espérances, des désirs, des volontés ; je combattais pour quelque chose. Maintenant je n'ai plus rien dans le cœur, rien qu'une amertume infinie et une lassitude sans nom.

Dites-le lui, ne le lui dites pas, cela m'est indifférent. Demain je peux n'être plus rien qu'un mort parmi les morts.

XXIII

42, rue Barbet de Jouy, Paris, VIIe.

Ce n'est pas à l'insu de Madeleine que je vous écris, mon cher grand ami ; elle est tellement émue, tellement bouleversée, qu'elle ne saurait tenir une plume. Pensez donc ! depuis trois semaines, trois grandes semaines, nous sommes, à votre sujet, en proie à la plus mortelle inquiétude. Sitôt que, par votre carte postale, j'eus appris la résolution, par trop virile, que vous avez prise de ne pas bénéficier de votre congé de convalescence et de vous faire verser dans l'infanterie, j'ai montré à Mado cette preuve... Son cœur s'est livré dans un cri... Et vite, je vous ai envoyé un mot sur une carte, pour vous faire comprendre les véritables sentiments de mon amie. Cette carte, n'ayant pu vous atteindre, m'est revenue au bout de dix jours... Vous devinez quelle fut alors notre tristesse, jusqu'à l'instant où votre dernière lettre vint m'apprendre en quel endroit terriblement dangereux vous étiez. Nos craintes n'ont fait que redoubler, et, chaque jour, frémissante, notre Madeleine vient chez moi, aux heures des courriers, pour voir s'il n'est pas venu un mot de vous. Son état est tel que j'ai essayé de la faire entrer dans mon service à Buffon, afin de l'arracher un peu à ses pensées, mais le chirurgien-en-chef l'a trouvée trop nerveuse, trop fébrile pour qu'on puisse compter sur elle. N'est-ce pas vous dire l'intérêt passionné qu'elle vous porte ?

Je vais vous le dire plus clairement encore, mais il faut pour cela que je m'accuse... Car je vous ai trompé, Jacques! Je l'ai fait dans un but élevé, sans prévoir qu'en agissant ainsi je vous poussais aux pires résolutions. Qui aurait pu croire, Monsieur don Juan, à un tel excès de sentiment de votre part, à ce grand désespoir d'amour ?

Sachez, mon ami, que votre belle marraine n'a jamais cessé d'être triste et qu'elle n'a point flirté avec mon filleul, le fameux « as », pour la bonne raison qu'il n'a existé que dans ma cervelle. J'ai agi ainsi, sur la prière instante de Mado, devenue mon amie, qui désirait éprouver votre sentiment. Vous allez comprendre pourquoi.

Votre marraine a fait pour vous ce que vous avez

fait pour elle. Dans le monde, rien de plus aisé que de savoir les tenants et aboutissants des gens. On lui a dit, sans aucune espèce d'indulgence, la vie facile, élégante et légère que vous meniez à la veille de la déclaration de guerre... Votre déplorable renommée d'épicurien et d'amoureux volage vous a desservi, mon pauvre cher ! Ah ! Mado n'a pas eu la main heureuse ! Imaginez ce qu'a pu lui écrire de vous une prude que vous n'avez jamais courtisée ! Elle lutta longtemps contre la vilaine impression que lui donnèrent ces rapports, mais il est à croire que vos mérites ont une puissance singulière puisque, bien qu'informée, elle ne s'interdit pas de vous accepter comme filleul, non plus que de continuer cet aimable commerce qui fit vos délices. A franchement parler, elle vous trouva toujours moins noir que votre portrait brossé par la prude, mais, (j'en ai eu depuis que je la connais plus d'une preuve), Mado a été respectée par la vie : elle est naïve. Aussi s'est-elle défendu de s'arrêter à examiner son cœur et le vôtre tant que vous ne lui auriez pas parlé mariage... Si vous l'aviez fait, Jacques, je vous en donne mon billet, c'est elle qui vous aurait sauté au cou ! Vous vous en êtes soigneusement gardé, ce qui l'a beaucoup inquiétée et déçue. Elle se flattait, en effet, de cette pensée que, renoncer pour elle à la vie brillante de célibataire aimé des femmes, c'était lui prouver un amour exclusif, tel qu'elle le conçoit...

Votre silence, le trouble — jusqu'alors inconnu d'elle — où l'ont plongée vos baisers, lui ont fait peur... Elle a brusquement perdu, avec la confiance qu'elle avait en elle, l'espoir qu'elle avait mis en vous... L'amoureux devenait un séducteur, Chérubin se muait en Valmont ! Tout se dérobait à la fois... D'où sa panique et sa fuite éperdue...

Voyez-vous maintenant, Jacques, les mouvements de cette âme adorable ?

— J'avais rêvé d'être aimée ainsi, m'a-t-elle avoué un jour en pleurant. Ah ! que j'aurais été heureuse d'accepter, de garder le cœur de mon cher filleul, s'il me l'avait offert pour toute la vie !

Bien des fois, je suis parvenue à la calmer et j'ai pu même la faire sourire en lui conseillant de patienter, en prenant votre défense, en lui jurant que vous l'aimiez de la façon qu'elle désirait. Je blâmais doucement alors son hâtif départ et son silence :

— Non, non, faisait-elle. J'ai bien agi. Le revoir ou lui écrire serait ma perte !

Pouvez-vous souhaiter une épouse plus loyale et plus pure ? Le bonheur, mon ami, ne frappe pas souvent à notre porte. Il faut se hâter de la lui ouvrir. Je vous conseillais naguère de vous divertir avec celles qui aiment à aimer : Mado aime à vous aimer, ce qui est tout différent.

Je me suis résignée à vous cacher toutes ces choses parce que je pensais bien que vous trouveriez une preuve du sérieux de votre amour à donner à notre amie. Jacques, vous avez exagéré tant et tant que nous tremblons toutes les deux maintenant... Cette preuve-là est terrible ! Asssez ! Revenez !

Voici la photographie de Madeleine. Ce n'est pas elle qui vous l'envoie, mais quand, sans un mot d'explication, tout-à-l'heure, tandis qu'elle inventoriait son sac-à-main, je m'en suis emparée pour la glisser dans cette enveloppe, elle s'est contentée de baisser les cils et de rougir : qui ne dit mot...

Que cette chère image vous soit un talisman !

Vous croyez en Dieu comme elle, comme moi, n'est-ce pas ? Vous savez donc que, s'il lui plait, Il peut se servir du souffle léger de votre marraine pour écarter de vous le projectile meurtrier... C'est le vœu que nous irons faire, Mado et moi, dès que nous aurons porté cette lettre à la poste.

Répondez, ami Jacques, répondez vite et longuement, et que dans votre lettre se trouve le petit mot qui permettra au cœur de notre Madeleine de bondir, pour toujours, vers le vôtre, afin aussi que puisse se réjouir avec vous deux, votre affectionnée

CLAIRE-YVONNE.

XXIV

Hôpital Militaire n° 2,
Bernay.

La bonne sœur Marie qui me soigne a bien voulu, mon amie, écrire ce mot sous ma dictée, car je n'en n'ai pas la force. Remonté en ligne peu après vous avoir envoyé la dernière lettre que vous avez dû recevoir, j'ai été grièvement blessé et dirigé vers Paris, puis de là envoyé ici. Les choses se sont compliquées... On m'a coupé le bras gauche... Si ma marraine ne rougit pas d'un mutilé, dites-lui que je l'attends. Il y a justement ici une petite chapelle...

JACQUES.

XXV

Bernay.

Dans une cellule de religieuse, ornée et fleurie par ses soins, Madeleine s'est installée près de son blessé, comme naguère...

Un tel bonheur est répandu dans toute sa personne qu'elle en a une sorte d'air exatique, dont les sœurs de Saint Vincent de Paul sont à la fois un peu scandalisées et un peu édifiées. Est-il possible, doivent songer ces saintes filles, que la joie profane transfigure ainsi le visage d'une mondaine ? D'autre part, puisque notre mariage est officiellement annoncé, elles doivent incliner à louer les vertus de ce Sacrement...

Claire-Yvonne, je voudrais trouver de longues, longues phrases pour retarder encore celle où, après m'être frappé la poitrine, je vous avouerai, moi aussi mon péché...

Je vous ai menti audacieusement en dictant à sœur Marie indignée le court billet que vous avez reçu. On ne m'a pas coupé le bras. Je ne serai pas manchot.

A la vérité, mon bras gauche ne me rendra plus guère de services, car il a été tellement criblé de balles par une insolente mitrailleuse ennemie qu'il y a pseudarthrose irréparable et radiale, d'où faiblesse définitive du dit abatis et non moins définitive immobilité du poignet... Mon bras gauche sera toujours gauche !

Je vous ai trompée, assez cruellement, mon amie, après avoir juré à sœur Marie que c'était pour le « bon motif », afin d'éprouver à mon tour le cœur de ma marraine : allait-il répondre à l'appel du mutilé ?

Elle est venue, vous le savez, elle est venue comme une folle, sitôt après avoir lu chez votre concierge ma carte mensongère. Elle s'est jetée dans l'automobile de Ginette, sans prévenir sa cousine, à jeûn, sans argent, sans changer de toilette ! Elle est arrivée ici à 10 heures du soir. Son visage pathétique, son élégance, sa beauté et ses affirmations (Je suis sa fiancée !) ont fait s'attendrir les consignes. On l'a conduite à la porte de ma chambre. Je ne dormais pas car je *sentais* qu'elle venait à moi... Vite, un dolman jeté sur mon épaule gauche dissimula le pansement volumineux du bras...

Elle entra sitôt qu'on m'eût prévenu.

De mon bras valide, j'enlaçai la taille de cette femme exquise penchée sur moi ; puis je mis à profit son trouble et son émotion pour lui prendre tous les baisers qu'elle avait voulu me voler naguère en s'enfuyant de son domicile. En vain tenta-t-elle de protester, de me conseiller, de m'ordonner même d'être sage : c'était à mon tour de triompher, et au sien d'être prisonnière de ses propres enchantements. J'avais un tel arriéré de caresses à me faire payer !

Mon amie, le défunt vicomte n'avait pas été en situation, sans doute, d'initier Mado à la science du baiser... Je fis le nécessaire, et même le superflu, et j'eus bientôt l'extrême satisfaction de constater que mon élève mettait quelque amour-propre à suivre mes leçons : Elle se piquait au jeu !

Ma marraine ne réussit à m'échapper que fort chiffonnée, je vous l'assure, et toute rose d'une adorable confusion. Ayant approché une chaise de mon lit, non sans avoir au préalable réassuré devant un petit miroir l'équilibre de son chapeau et le savant échafaudage de sa chevelure, elle commença de me débiter le tendre, le naïf, le touchant discours qu'elle avait dû préparer en route, dans l'auto de Ginette.

Elle me demandait pardon ! Oui, pardon d'avoir accueilli de faux rapports sur mon compte, pardon de n'être pas venue me les montrer pour en rire avec moi, pardon d'y avoir presque ajouté foi, pardon d'avoir fui, pardon d'avoir — ô Claire-Yvonne ! — écouté vos trop judicieux conseils, à Paris... Et elle concluait en s'accusant d'être la cause initiale de ma mutilation :

— Toute ma vie, s'écria-t-elle pour terminer, sera dévouée à vous faire oublier mes torts !

— Il est vrai, fis-je, que votre fuite impardonnable a déterminé mon départ en Flandre... Faut-il le déplorer? Je ne le crois pas, Madeleine, puisque ce coup de tête vous prouva mon chagrin et mon désespoir. Il fallait bien me conduire en fou afin de vous convaincre que je vous aimais à la folie !

Elle sourit à travers ses larmes. Emu à mon tour, je l'attirai de nouveau à moi en lui disant :

— Ne pleurez plus, ma jolie marraine, et même apprêtez-vous à sourire...

Alors, je rejetai mon dolman pour lui révéler l'indiscutable présence de mon bras et je lui dis :

— Vous voyez que, le jour de notre mariage, en quittant l'autel, je pourrai tout de même, si je ne porte plus l'épée, vous offrir le bras gauche, comme l'exige l'étiquette...

— Oh ! s'écria-t-elle, que je suis heureuse ! Mes remords s'envolent ! Mais pourquoi nous avoir écrit que...

— Je voulais peut-être, répondis-je, me donner la preuve que j'étais assez aimé pour être épousé même en piteux état.. ?

Elle fit la moue, se pencha, me donna une tape sur la joue et dit :

— En doutiez-vous ?

Qu'ajouter à cela, Claire-Yvonne ? Ma marraine est maintenant ma fiancée... Je retrouve en elle toutes les femmes que j'ai aimées. Elle les résume en les surpassant, car elle ajoute à leurs charmes et à leurs mérites ce rare trésor qu'est sa fraîcheur insoupçonnable.

Je guérirai vite, afin d'aller bientôt chercher Madeleine chez sa cousine Ginette...

Vous serez là, et vous vous réjouirez avec nous, ma grande amie... Et dans la sacristie...

A bientôt ! JACQUES D'ESTOLLE.

XXVI

Marseille, en attendant le paquebot.

Ce n'est pas dans la sacristie, mon cher ami Jacques, que je me réjouirai avec vous, c'est tout de suite, et encore en me hâtant ! Oui, de loin déjà, je vous adresse un sourire, je vous fais un signe d'adieu. On a demandé à Buffon des volontaires pour un camp de Macédoine ravagé à la fois par une épidémie et par l'artillerie à longue portée des Bulgares : je me suis offerte. Ne m'avez-vous pas dit mille fois que j'étais un garçon manqué? Vous voyez que je vous donne encore raison... Et cependant, Jacquot, un cœur de femme bat, douloureusement parfois, dans la poitrine de ce méchant garçon. Il trouvera, je pense, de quoi s'employer en Orient.

Votre dernière lettre m'a donné moins d'agrément que les précédentes : le piège matrimonial vous aurait-il pris par les ailes ? J'ai eu quelque difficulté à reconnaître, dans le fiancé de Mado, le désinvolte lieutenant Flirt. Don Juan se range, et c'est peut-être dommage... En mer, j'occuperai mes loisirs à vous broder une paire de pantoufles : ce sera le dernier envoi de Claire-Yvonne.

Je vous taquine ? Je ne le ferai plus ! Laissez-moi pourtant vous dire encore que je souhaite à votre marraine que l'homme sérieux, rangé, garé des voitures, que le *mari,* enfin, garde quelques unes des qualités que j'ai connues au célibataire.

Je vous quitte ! Un long voyage m'a lassée, au cours duquel j'ai lu des vers, des vers et des vers, (j'en suis toujours férue, vous savez !), et surtout quelques beaux poèmes de Camille Le Mercier d'Erm qui m'ont révélé une sensibilité frémissante et telle que j'ai pensé y reconnaître certains de mes états d'âme. Tenez ! un de ses distiques m'est resté dans le cœur :

A force de souffrir un peu, à chaque instant,
On ne peut plus souffrir... et l'on souffre pourtant !

Ah ! Jacques, que c'est *vrai* ! Mais est-ce bien moi qui vous écris sur ce ton grave ? Dites ! comme on se connaît peu !

Soyez heureux ! Je vais féliciter Mado par le même courrier. Tâchez de l'aimer *longtemps*, — puisque nul n'est assuré d'aimer *toujours* ; et, si vous suivez le conseil de l'Écriture, qui est de croître et de multiplier, eh bien ! donnez, en souvenir de moi, le prénom d'Yvon (ou d'Yvonne) au premier de vos *babies*. Je n'ai pas voulu être votre marraine ; je serai celle d'un de vos enfants : voilà qui me vieillira !

Un fou rire me prend : je vous imagine à la fois respectable et comique, avec un poupon dans les bras ! Ah ! mon ami !...

Allons ! cette fois, j'ai fini. Au revoir, adieu peut-être, et n'oubliez pas trop vite celle qui fut un peu votre confidente — et beaucoup votre amie.

CLAIRE-YVONNE.

Imprimé pour « Les Gémeaux »

a Paris

par

L'IMPRIMERIE ARTISTIQUE DE L'OUEST

5, Rue Yvers,

à

NIORT.

—

1918

www.ingramcontent.com/pod-product-compliance
Lightning Source LLC
LaVergne TN
LVHW012018220826
846092LV00001B/402

* 9 7 8 2 3 2 9 7 7 4 4 3 5 *